中島かずき
Kazuki Nakashima

修羅天魔《しゅらてんま》
髑髏城の七人 極

K.Nakashima Selection Vol.30

論創社

修羅天魔

―髑髏城の七人　極―

装幀　鳥井和昌

目次

修羅天魔　—髑髏城の七人　極—

◉登場人物

極楽太夫《ごくらくたゆう》（雑賀《さいか》のお蘭）
天魔王《てんまおう》／織田信長《おだのぶなが》
兵庫《ひょうご》
カンテツ
狸穴二郎衛門《まみあなじろうえもん》
ぜん三《ぞう》
夢三郎《ゆめさぶろう》
沙霧《さぎり》
三五《さんご》
贋鉄斎《がんてつさい》
清十郎《せいじゅうろう》

〈関東髑髏党〉
迷企羅《めきら》の妙声《みょうせい》
波夷羅《はいら》の水神坊《すいじんぼう》
宮毘羅《くびら》の猛突《もうとつ》

〈無界の人々〉
およし
浅黄《あさぎ》
無界屋の女達

〈関八州荒武者隊〉
青吉《あおきち》
白介《はくすけ》
黒平《くろへい》
赤蔵《あかぞう》
黄平次《きへいじ》

服部半蔵《はっとりはんぞう》
因原数馬《いんばらかずま》
髑髏党鉄機兵
伊賀忍群

―第一幕―　我が赴くは修羅の道

【第一景】

天正十八年（一五九〇）初め。関東荒野。

人目を避けるように走ってくる若い女性。

その姿、小袖の上に鎖帷子をつけ股引きに革手甲という男装。山の民風でもある。名を沙霧《さぎり》という。

と、その前に立ちはだかる黒甲冑の男達。

関東髑髏党《かんとうどくろとう》の鉄機兵達だ。率いるは波夷羅《はいら》の水神坊《すいじんぼう》と迷企羅《めきら》の妙声《みょうせい》。

水神坊　見つけたぞ、沙霧。
妙声　我ら関東髑髏党をお前のような小娘が出し抜けると思っていたか。さあ、絵図面を出してもらおうか。
沙霧　お断りだよ。
　　と、短刀を抜く沙霧。幅広で刃の厚い両刃剣だ。
水神坊　この期に及んで手向かいするか。

妙声　いいじゃないか、水神坊。手向かいしようがしまいが、地獄に行くのは決まってるんだ。
沙霧　だったら殺しな。その代わり、絵図面のありかはわからない。
妙声　なに。
沙霧　あんたらの城、髑髏城、その絵図面だ。もうすぐ戦《いくさ》が始まるというのに、その絵図面が敵の手に渡っちゃまずい。それで、あたしを血まなこになって探してた。そうだよね。
妙声　おう。
沙霧　でもね、絵図面はもうここにはない。ある所に隠してる。あたしが死んでも、豊臣の軍に渡るように手は打ってあるんだよ。
水神坊　なんだと。
沙霧　どうする。それでもあたしを殺すのかい。今、ここで。
水神坊　ええい、小賢しい小娘が。絵図面をどこに隠した。言え、言わねば殺す。
沙霧　人の話聞いてなかった？　言うと思うか、ばか。

と、そこに現れる野武士の一団。

兵庫《ひょうご》、青吉《あおきち》、白介《はくすけ》、黒平《くろへい》、赤蔵《あかぞう》、黄平次《きへいじ》、三五《さんご》が現れる。いずれも派手ななり。

頭目の兵庫は、背に斬馬刀のような大刀を背負っている。この頃はやりの傾奇者《かぶきもの》の一群だ。その名も関八州荒武者隊《かんはっしゅうあらむしゃたい》。

兵庫　待った待った待った。その娘は放してもらおうか。
水神坊　なんだ、貴様ら。
兵庫　髑髏党だかなんだか知らねえが、てめえらの横暴で、村は焼け、田んぼも畑も荒らされて、村人達は泣いてるんだ。しかも、か弱い小娘一人を大勢が追いかけ回してるって耳にしてな。そんな無法は、天が許してもこの俺達が許さねえ。関八州にその名も高き天天天下の荒武者隊。泣く子も黙る傾奇者。関東の筋は俺達が通す！
荒武者隊　おう！
妙声　ふん、ならず者風情が大仰に。
水神坊　身の程を思い知らせてやろう。関東髑髏党、波夷羅の水神坊。
妙声　迷企羅の妙声。

と、二人、得物を構える。

妙声　さあ、かかっておいで、田舎武者。
兵庫　上等だ。やるぞ、お前達！
荒武者隊　へい、兄貴！

襲いかかる髑髏党。応戦する荒武者隊。

兵庫、刀を抜かず鞘のままで戦っている。
水神坊の得物を鋼《はがね》の手甲で受ける兵庫。

水神坊　貴様、刀も抜かずに戦おうっていうのか。
兵庫　当たり前だ。髑髏党みてえな外道相手に刀抜くほど落ちぶれちゃいねえ。関八州荒武者隊の頭目、桓武平氏の流れを組んだ、誰が呼んだか抜かずの兵庫様だ！

と、鉄機兵をぶちのめす。

兵庫　女、今のうちに逃げろ！
沙霧　うん！
妙声　逃がすなよ、鉄機兵！

沙霧、その隙に逃げようとするが、それを阻む鉄機兵。
と、他の荒武者隊達は鉄機兵にぶちのめされる。

兵庫　お前達！
水神坊　弱い仲間を持つと悲劇だな、田舎武者。
兵庫　ふざけたことを言うんじゃねえ。俺とそいつらは一心同体。そいつらがいるから俺がいるんだ。

三五も妙声に追い詰められる。

妙声　さあ、観念しなさい。
三五　ぬぬぬぬぬ。

と、三五、いきなり沙霧を羽交い締めにして喉元に刀を向ける。

沙霧　え。
三五　女は捕らえましたぞ、髑髏党の方々。
兵庫　三五、てめえ。
妙声　なんだ、貴様。
三五　この小田切三五、ぜひとも関東髑髏党にお加えいただきたい。この女は手土産でございます。
兵庫　三五、てめえ、裏切るつもりか。仲間を捨てて女を楯にして。てめえ、それでも人間か！
三五　もちろん人間だ！　自分を大事にしないで何が人間だ！　自分を大事にしない人間が、なんで命を大事に出来る‼

沙霧　人の命をだしにして何言ってる。
三五　ばかやろう！　命と言えば自分の命。ここで一句。我生きる、故に我在り、迷い無し。
妙声　（妙声にすり寄る）と、いうわけでよろしくお願いします。妙声様、水神坊様。
（三五の調子の良さにやや気を呑まれる）あ、ああ。（鉄機兵に）よし、残りの奴らは殺してしまえ。

と、そこに突然銃撃。遠方からの狙撃だ。
髑髏党を目がけて撃ってくる。

水神坊　な、なに⁉
妙声　どこから⁉

と、次々に撃たれる鉄機兵。

水神坊　お、お前達⁉
妙声　これはたまらん。逃げるぞ、お前達！

と、逃げ出す髑髏党。

三五　あ、待って下さい、妙声様！

と、三五もあとを追う。

銃撃がやむ。

残される沙霧と兵庫、荒武者隊。

兵庫　……どうやら助かったみたいだな。

荒武者隊　兄貴！

駆け寄る荒武者隊。

兵庫　おめえ達、よく踏ん張った。

沙霧　さっきの銃撃、髑髏党だけ狙い撃ちにしてたよね。

兵庫　ああ。どっから撃ってきたか知らねえが、恐ろしい腕前だったな。もっとも、助けがなくても俺達がきっとお前を救ってたけどな。

強がる兵庫。訝しげな沙霧。

沙霧　どうもありがとう。助かったよ。

と、去ろうとする沙霧。

兵庫　おい、待て。ケガしてるじゃねえか。

沙霧　このくらい平気だよ。

兵庫　平気じゃねえよ。ケガした女を見過ごしたとありゃあ、この抜かずの兵庫様の男がすたる。（荒武者隊に）そろそろ奉公の時間だったな。お前達、ひとっ走り先に行って里に話を通しとけ。

荒武者隊　へい。

と、駆け去る荒武者隊。

沙霧　私は大丈夫だから。急ぐんで。

と、行こうとする沙霧。

そこに笠をかぶった旅姿の女性が現れて、沙霧を呼び止める。極楽太夫《ごくらくたゆう》だ。

極楽　お待ちなさいな。

沙霧　え。

極楽　あんたが急いでるのは、こいつのせいじゃないのかい。

と、油紙の包みを出す極楽。

沙霧　それは！

と、飛びつくように油紙の包みを受け取る沙霧。中を開けて、絵図面であることを確認して安心する。

沙霧　どうしてこれを。
極楽　あんたが隠してるとこをたまたま見かけちまってね。ありゃあいけないね。木のうろに突っ込んで上から葉っぱで隠すくらいじゃ、目端の利く人間にはすぐに見抜かれちまう。
沙霧　見てたの。
極楽　お節介ならあやまるよ。でも大事なもんなんだろう。

と、ハッとする沙霧。

沙霧　……さっき助けてくれたの、ひょっとしてあんた？

兵庫　さっきって、さっきの鉄砲か？　まさか、こんな……。
極楽　こんないい女が？
兵庫　自分で言うか。
沙霧　……でも、火薬の匂いがする。

一瞬、真顔になる極楽。

極楽　やれやれ、随分鼻の利くコだね。

と、隠し持っていた短筒を沙霧の方に向ける極楽。

兵庫　てめえ！

沙霧を助けるために動こうとする兵庫。
だが、それより早く極楽は引き金を引く。
と、撃たれた鉄機兵が転がり出る。
弾は沙霧の横を通り、物陰に隠れていた鉄機兵を撃ち抜いたのだ。

極楽　戻ってこなきゃ死ぬこともなかったろうに。

少しの間、目を閉じて鉄機兵の冥福を祈ると、短筒をしまう極楽。

兵庫　じゃあ、やっぱりお前が助けてくれたのか。
極楽　まあね。
沙霧　なんで。
極楽　あんた、名前は？
沙霧　……沙霧。
極楽　いい名前だね。山の風が似合いそうだ。
沙霧　え？
極楽　その短刀。あんたは熊木衆、山の民だね。
沙霧　え。
極楽　だとしたら朋輩《ともがら》だ。朋輩同士は助け合う。それが山の掟だろう。
沙霧　じゃ、あんたも。
極楽　そう。流れ流れの白拍子《しらびょうし》。あんたと似たような身の上だ。
兵庫　白拍子？　あんた、遊び女《め》か。
極楽　ええ。（と、うなずき）傾奇者の旦那。
兵庫　兵庫だよ。
極楽　女だてらの鉄砲使い、身を守るためとはいえ表に知れちゃあ、遊び女稼業の差し障り

兵庫　になる。口外法度に願います。
極楽　おう、わかった。女の頼みは断れねえ。
沙霧　沙霧もね。
極楽　ああ。
兵庫　あともう一つ。この辺で、無界の里をご存じないかい。
極楽　無界の里？　ああ、確かに遊び女なら当然だ。ついてこい、案内してやる。
兵庫　助かるよ。
極楽　姐《ねえ》さん、名前は。
沙霧　あたしかい。そうさね、では極楽とでも。
兵庫　極楽？
　　確かにぴったりだな。浮世ばなれしてらあ。こっちだ、ついてきな。

と、先に行く兵庫と沙霧。
極楽、一人残り。

極楽　ぴったりか。そんないいもんじゃない。（と、天を仰ぎ）修羅と仏の一重《ひとえ》の境、渡り歩いて居所《いどころ》知らず。渡り遊女を名乗っていても、紅《べに》は血しぶき吐息は硝煙。それが定めの極楽太夫。

その様は今から襲い来る宿命に言い放つかのよう。
と、タイトル『修羅天魔』が出る。

――暗　転――

【第二景】

色里〝無界〟。
宿場も兼ねているので、旅人など人の出入りも賑やか。
広い通り。遊女達が客の相手をしている。中心にいるのは浅黄《あさぎ》。
荒武者隊も〝奉公〟という名目の小遣い稼ぎで働いている。
そこに現れる一人の牢人。片目に眼帯。狸穴《まみあな》二郎衛門《じろうえもん》だ。

浅黄　お遊びですか、お侍様。
二郎衛門　ん？　ああ。

と、奥からおよしの声がする。

およし（声）　またんかい、こらー。

その声に追われるように、ボロボロの着物を着た貧相な百姓風の男が走ってくる。ぜん三《ぞう》だ。握り飯を摑んでいる。あとを追って遣り手のおよしが血相を変えて追いかけてくる。その手に庖丁。

およし　この盗っ人が。そう簡単に逃がしてたまるか。

ぜん三　へん。握り飯一つで大騒ぎするだか。無界の里ちゅうのも随分けちくさいとこだに！

およし　とぼけたこと言うな。女達が身体張って稼いだ金で炊いた飯だ。一粒たりともおろそかにはできないんだよ。

と、庖丁をふるうおよし。必死によけるぜん三。二郎衛門の背後に回り込む。

そのおよしの腕を摑む二郎衛門。

二郎衛門　おいおい、物騒だな。

およし　あ、すみません、旦那。

その隙に握り飯を食べてしまうぜん三。

およし　あ、こいつ。

ぜん三　へへん。食っちまっただ。食っちまったもんは返せねえだ。

およし　だったら、その腹かっさばいて出してやる。

浅黄も止めに入る。

浅黄　やめなよ、およしさん。店先、血まみれにするつもりかい。

およし　だって、このくそ親父が。腹が減ってんなら頼めばいい。こそこそ盗むから腹が立つんだよ。

ぜん三　へん。こんな色気づいた町の連中になんで頭下げなきゃならねえだ。米作ってんのはおらたち百姓だ。ばーか。

と、駆け去るぜん三。

およし　二度と来るな！　くそ親父‼

と、ぜん三が出ていった方に向かって駆けていき叫ぶおよし。

苦笑している二郎衛門。

浅黄　すみません、ご迷惑をおかけしました。

二郎衛門　いやいや、かまわんよ。しかしさすがは関東一と噂に高い無界の里だ。なかなか良いおなご達が揃うておるな。

およし　ええ、ええ、それはもう。この浅黄なども気立てが良くて人気の子でして。

二郎衛門　ほう。おぬしがこの里一の太夫かな。

浅黄　いえいえ、とんでもない。この無界の里の一番は、私などではありません。無界の里に境無し。それが証拠は、ほらあそこに。

と、そこに立つ夢三郎《ゆめさぶろう》。

若い男だが化粧をして華やかな着物を纏っている。若衆太夫《わかしゅうたゆう》と呼ばれる男娼だ。

二郎衛門　あれは、男か。

浅黄　はい。あれがこの里の一番人気。

と、夢三郎、二郎衛門に挨拶する。

夢三郎　入れば人に境はなくなるのが無界の里、身分や歳はおろか男と女の境さえも、夢まぼろしと消えてゆきます。若衆太夫の夢三郎。以後、よしなに。

と、そこに駆け込んでくる一人の侍。因原数馬《いんばらかずま》だ。

数馬　いたな、夢三郎！

夢三郎　これはこれは、因原様。

数馬　涼しい顔して、いけしゃあしゃあと。なぜ返事をくれん。

夢三郎　言ったはずです。あなたとはもう二度とお会いしないと。

数馬　なぜだ。この儂が召し抱えてやると言うておるのだ。こんな色里よりお前にふさわしい暮らしを与えてやる。

夢三郎　無界の里は夢の里。この夢三郎が生きるのはここしかありません。さ、お帰り下さい。

数馬　ええい、問答無用だ。

と、刀を抜く数馬。夢三郎に襲いかかる。

二郎衛門　なに。

二郎衛門や他の者も驚く。
夢三郎を羽交い締めにして、刀を喉元に当てる数馬。
そこに極楽、兵庫、沙霧が門から入ってくる。騒ぎを見て驚く極楽。

極楽　え⁉

兵庫　ありゃあ、数馬の馬鹿か。

極楽　知り合い？

兵庫　いやいや。あれは北条家の家老のバカ息子。夢三郎に入れあげてる大馬鹿と、この界隈じゃ有名だ。

極楽　ほっといていいの。

兵庫　まあ、黙って見てな。

と、極楽と沙霧を止める兵庫。

夢三郎　なにをなさる。

数馬　おとなしく来い。でないとおぬしを殺して儂も死ぬ。

と、くすりと笑う夢三郎。

数馬　なにがおかしい。

夢三郎　だってそうでしょう。なんでこういう時、「おぬしを殺して儂も死ぬ」なんでしょう。得てしてそういう人に限って、相方を殺しても、自分は死なずに生き恥をさらす。

数馬　そんなことはない。

夢三郎　だったら、「儂は死ぬからお前も死ね」、なぜそう言えないのです。

数馬　なに。

夢三郎、数馬の小刀を抜き、それを数馬の腹に当てる。

夢三郎　さあ、あなたが私を斬るならば私もあなたの命を絶つ。お望み通りの心中ですよ。
数馬　き、貴様。
夢三郎　それともお望みではなかったか。ならば、その刀、お引き下さい。
数馬　く。

と、離れる数馬。

夢三郎　私の命が欲しいのではない。己の面子を立てたい。ただそれだけのことではないのですか。
数馬　ええい、生意気な。陰間《かげま》風情が武士を愚弄しおって。
夢三郎　やっと本音を口になされた。
数馬　その生意気な口、今、叩けないようにしてやるわ。

打ちかかる数馬。と、夢三郎、体をかわして数馬を打ち払い、その身体を押さえつける。
その動きに感心する二郎衛門や極楽。
と、押さえつけた数馬の耳元に何か囁く夢三郎。

夢三郎　おわかりですか、因原様。

数馬　（顔色が変わる）……貴様。
夢三郎　お互い今日のことは忘れましょう。

と、数馬を解放する夢三郎。

夢三郎　およし、因原様のお帰りだよ。
およし　へい。ささ、お帰りはこちらでございます。と、門を示すおよし。
数馬　わかっておるわ。

足早に立ち去る数馬。
と、様子を見ていた兵庫が夢三郎に語りかける。

兵庫　さすがだな、夢三郎。
夢三郎　見てたのか、兵庫。だったら手助けしてくれ。
兵庫　あんなボンクラ侍、お前一人で充分だろう。
夢三郎　まあそれはそうだが。で、そちら様は。
兵庫　おう。この娘、髑髏党に追われててな。ちょっとかくまってくれ。
およし　兵庫さん、またあなたは無理を。

と、言いかけるおよしを制す夢三郎。

夢三郎　さっきお前の子分が話に来た件だな。
兵庫　おう。関八州荒武者隊の抜かずの兵庫。助けた娘を見捨てたとありゃあ、男がすたるんでな。
夢三郎　わかった。およしさん、頼めるかい。
およし　夢さんが言うんなら、仕方ありませんね。
沙霧　でもここは色里じゃ……。
兵庫　心配するな。無界の里はただの色里じゃねえ。弱い者の救いの里だ。妙なことにはならねえよ。
極楽　化膿でもしちゃ、あとが厄介だ。ここは甘えた方がいい。
沙霧　……あんたまで。

極楽、夢三郎に挨拶をする。

極楽　渡りの遊び女《め》で、通り名は極楽と申します。そちらの稼業のお邪魔をする気は毛頭ございません。一夜の宿をお借りできれば。

と、その名前を聞いた二郎衛門が声をかける。

二郎衛門　おお。そなたがあの極楽太夫か。

極楽　お侍様は。

二郎衛門　ああ、すまんすまん。拙者、三界に枷なし、諸国流浪のやせ牢人、狸穴二郎衛門と申す。本物の極楽太夫なんだな。

兵庫　そんなに有名なのか。

二郎衛門　ああ。一度遊べば天にも昇る心持ちで、夢に見るほどだが、だからといって流れ流れの渡り遊女、そう簡単には出会えない。会えぬ苦しみは、まさに生き地獄だとか。だからこその会って極楽遊んで地獄。

夢三郎　その噂なら私も。渡りの遊び女《め》が太夫と呼ばれるとは余程のことだと思ってましたが、なるほど。これは確かに。

極楽　浮き草稼業の二つ名ですよ。本気にされちゃあ困ります。

二郎衛門　ここで会ったが百年目。ぜひともお相手願いたい。

極楽　親の仇ですか。

二郎衛門　いや、そんなつもりは。

夢三郎　そちらに商売の邪魔のつもりはなくても、男の方が放っておかないようですね。

極楽　そうですね。ご迷惑でなければ、しばらくこの里にご厄介になるということでいかがでしょう。

夢三郎　承知しました。

兵庫　そいつはいい。あんたにこの救いの里はお似合いだ。
極楽　救いの里ですか。さっきもそんなことをおっしゃってましたね。
兵庫　ああ。もともとこの関東は気性の荒い連中の土地。おまけに最近は関東髑髏党なんて物騒な連中が幅を利かしてる。その中で、この無界の里だけは侍達の無法を許さねえ。この夢三郎が、身体を張って護ってるんだ。
夢三郎　侍などと武張っている者ほど、欲には弱い。この無界が他では見られぬ夢の里である限り、うかつに手出しはできません。弱い者にも弱い者の武器はある。
兵庫　だからこその弱い者の救いの里だ。
極楽　確かに、因業侍相手にして、そちらの腹のくくり方は並大抵じゃなかった。
兵庫　だろう。それが夢の字だ。
極楽　兵庫さん、すっかり入れ込んでるね。
兵庫　おう。この夢三郎の心意気に惚れて、義兄弟の契りを結んでるんだよ。そこに、あんたみたいな気っ風のいい太夫がいてくれりゃますます心強《づ》えや。
夢三郎　およし、極楽太夫のために座敷を一つ用意してあげなさい。
およし　はい。こちらに。
極楽　（沙霧に）ゆっくり養生するんだよ。さ、参りましょうか、二郎衛門様。
二郎衛門　うむ。

およしに誘《いざな》われ去る極楽と二郎衛門。

浅黄　沙霧だったね。あんたはこっちに。

と、沙霧を別の奥に誘う浅黄。

沙霧　あ。はい。（と、あとに続く）

夢三郎と兵庫は残り、里の様子などを見ている。

×　×　×　×

無界の里の一室。

そこに入る極楽と二郎衛門。案内したおよしは去る。襖を閉めて二人きりになり向かい合う。

と、いきなり極楽の態度がくだける。

極楽　ちょっと勘弁して下さいよ、お殿様。なんなんですか、あの猿芝居。

二郎衛門　猿芝居。

極楽　「おお、そなたがあの極楽太夫か」って。ちょっと唐突すぎますよ。

二郎衛門　しかし、こうやって怪しまれずに二人きりになるにはあれしか。

極楽　あれしかじゃない。もっと普通にできます。それとその眼帯。似合ってませんよ。

二郎衛門　おかしいか?
極楽　おかしいですよ、どこの武者修行の田舎侍ですか。天下の徳川家康ともあろうお方が。
二郎衛門　こら、声がでかい。儂は二郎衛門、狸穴二郎衛門だ。何のためにこんな変装をしとると思う。
極楽　これは失礼。でも、あなた自らが来るとは思わなかった。大胆なことをなさる。
二郎衛門　事が事だからな。それに関東の様子も見ておきたかった。
極楽　様子?
二郎衛門　今や秀吉公の勢力はとどまるところを知らず、天下統一までに残るは、この関東の北条家のみ。いよいよ関東征伐に動き出すことになった。二十万の兵でな。
極楽　二十万?　たかだか北条相手に正気ですか。
二郎衛門　北条相手というのは実は名目だ。真の狙いは関東髑髏党。秀吉公の天下に不満を持っている牢人や無頼の徒達を集め、この関東に二万人。難攻不落の髑髏城を築いて、関東に覇を唱える。
極楽　その党首の名は、第六天魔王《てんまおう》。
二郎衛門　知っておったか。やはり気になるか。
極楽　まあね。
二郎衛門　天魔王……。髑髏の仮面と鋼の鎧に身を包み、配下の人間にもその素顔は知られていない。この関東の地に忽然と現れ、人々の心を摑んでいつの間にか一大勢力となった。そなたには、その天魔王の暗殺を頼みたい。

極楽　……なるほど。

二郎衛門　これが出来るのは、雑賀《さいか》のお蘭、そなたしかいない。

と、金の入った袋を出す二郎衛門。

極楽　理由を聞かせてもらえる？

二郎衛門　北条との戦は、大方調略がすんでおる。大きな人死にが出ることはない。だが、髑髏党は別じゃ。奴らとの実戦は避けられん。だが武家とは違い無頼の寄せ集め、頭をとれば、無用な血が流れるのは避けられる。

極楽　それだけ？

二郎衛門　他に何がある。

極楽　第六天魔王とは織田信長公の通り名。比叡山延暦寺の焼き討ちを仕掛けた信長公に対して、怒り恐れた仏教徒達がそう呼んだ。

二郎衛門　おいおい。信長公は亡くなられた。天下統一の夢をかなえようとした八年前、本能寺でな。それはまぎれもない事実だ。

極楽　でも、あの男は？

二郎衛門　あの男？

極楽　影の男。奴は本能寺を生き延びた。

二郎衛門　それも知っておったか。

極楽　本能寺の変から八年。それなりに調べもつきます。私に天魔王を狙わせるのは、その正体があの男じゃないかと思ってるから。違う?

二郎衛門　……。

極楽　私がずっとあの男を捜していたのはご存じですよね。

二郎衛門　……。

二郎衛門の沈黙がそうだと言っていると感じる極楽。

極楽　この仕事、承知しました。

と、金袋を受け取る極楽。

二郎衛門　そういえば、髑髏党とやりあったそうだな。あの、沙霧とかいう娘を助けるために。

極楽　おや。耳が早い。

二郎衛門　清十郎《せいじゅうろう》。

と、清十郎と呼ばれた男がすっと部屋に入ってくる。
町人姿だが、身のこなしに隙はない。

清十郎　ここに。
極楽　見張ってました？
二郎衛門　おぬしのことだ。うかつなことにはならぬと思うが、この仕事が終わるまでは、この清十郎がそなたを助ける。
極楽　お目付役ってことですね。
二郎衛門　そんな顔をするな。腕は立つし気は利く。邪魔にはならんよ。
極楽　わかりました。
二郎衛門　しかし、なぜあんな小娘を助けた。おぬしの狙い、髑髏党に気づかれるとまずいぞ。
極楽　あの子は熊木衆、山の民です。
二郎衛門　熊木衆？　あの城作りの一族か。
極楽　ええ。
清十郎　熊木衆？
二郎衛門　築城術、城作りに関しては日の本一の集団だ。そうか。髑髏城があれだけ早く作れたのは、裏で熊木が動いていたからか。
極楽　山の民は山の民の苦難を見逃せません。
二郎衛門　儂ら、住まいを一つに決める里の民とは違い、おぬしらはおぬしらの掟を大事にするからのう。
極楽　ええ。山の民は己の技術《わざ》だけを頼りに日の本を渡り歩く。故郷も家もない分、渡り者同士の絆は大切にする。山の掟くらいは守らないと、ほんとにただの居所知らずになってしまいます。

二郎衛門　うむ……。

極楽　心配しなくていい。足がつくようなヘマはやっていない。

二郎衛門　ならいいが。

極楽　早速だけど、清十郎さん。天魔王の動きを探ってもらえる。

清十郎　心得ました。

極楽　お殿様はいつまでここに。

二郎衛門　秀吉公が関東に来るまで、今しばらく余裕がある。それまではここで少し羽根を伸ばすよ。今は三界に枷なしのやせ牢人、狸穴二郎衛門だ。

極楽　相変わらずですねえ。

清十郎　あまり羽目を外しませぬよう。

二郎衛門　わかっておるよ。

極楽　では、私は湯浴みにでも。長旅のほこりを落さないとね。

出ていく極楽。

清十郎　大丈夫なのですか、あの女。

二郎衛門　ああ。心配するな。古くからの知り合いだ。腕ならそんじょそこらの男より、余程信用できる。なにせ、信長公を撃った女だ。

清十郎　信長とは、あの織田信長公をですか。
二郎衛門　ああ、そうだ。

と、昔を思い出すように遠くを見る二郎衛門。

×　　×　　×　　×

広い通り。
兵庫と夢三郎が酒を酌み交わしている。

夢三郎　極楽太夫か。噂には聞いてはいたが、まさかこの里に来るとはな。
兵庫　情けも深い、いい女だよ。おまけに腕も立つ。
夢三郎　腕？
兵庫　ああ、こっちのな（と、鉄砲を撃つそぶりをする）。
夢三郎　へえ。ああ見えて。
兵庫　おっといけねえ。こいつは内緒だ。ばれると商売に差し障りが出るらしい。
夢三郎　わかった。
兵庫　まあ、お前がその気なら、心強い味方になってくれるぜ。

夢三郎、極楽が去った方を思案げに見る。

兵庫　しかし、数馬の馬鹿にはまいったな。あそこまでお前に入れあげるとは。
夢三郎　妬いてるのか。
兵庫　おいおい。俺はお前の俠気《おとこぎ》に惚れてるんだ。妙な下心は持ってねえよ。
夢三郎　（笑う）わかってるよ。からかっただけだ。
兵庫　なあ、数馬の野郎に何を囁いた。
夢三郎　え。
兵庫　お前が奴を押さえ込んだ時だ。耳元で何か言っただろう。途端にあいつ顔色が真っ青になって、逃げ去った。
夢三郎　ああ、たいしたことじゃない。「これ以上無法を働けば、貴方の屋敷に火をかけて、一族郎党と無界の里の人間が差し違えます。こちらは下賤な陰間と色里。失う物は何もない。北条家の名門と引き替えならば安いものだ」。そう言っただけだ。
兵庫　……。
夢三郎　どうした。
兵庫　時々、お前の腹の底が見えなくなるよ。
夢三郎　でなけりゃこんな里は護れねえ。
兵庫　確かにそうかもしれねえな。だが、無茶はするなよ。（と、夢三郎の杯に酒を注ぐ）
夢三郎　わかってるよ。

グイと飲む夢三郎。兵庫も自分の杯を飲み干す。

——暗転——

【第三景】

元亀三年（一五七二）頃。
野原。
徳川家康がいる。誰かを待っている様子。
そこに現れる織田信長。

信長　待たせたな、家康。
家康　信長殿。大丈夫ですか。何者かに撃たれたとお聞きしましたが。
信長　おお、間一髪で助かった。ぬかるみに足を取られなければ（と、体勢を崩す真似）、心の臓を撃ち抜かれているところだったよ。
家康　九死に一生ですな。よかった。しかしよろしいのですか、城を抜けて鷹狩りなど。
信長　死に損なって思ったよ。好きな時に好きな事をする。人間五十年下天の内を比ぶれば、だ。おぬしに謝らなければならぬしな。
家康　え。
信長　信玄が徳川を攻めるぞ。
家康　信玄？　武田信玄が。

信長　ああ。あの甲斐の化け物がいよいよ動き出す。だが織田は助勢出来ん。こちらも浅井・朝倉との戦に手を焼いている。そちらに兵はさけんのだ。
家康　……それは。
信長　とにかく生き延びてくれ、家康。必ず織田が武田を滅ぼす。それまでは石にかじりついてでも生きてくれ。俺の天下統一にお前はかかせない。俺のために生き延びてくれ。
家康　無茶を言いますな。
信長　頼む。
家康　……石を担ぐのには慣れておりますよ。必ず生き延びましょう。信長殿こそご自愛を。
信長　もちろんだ。俺が死んでどうする。そう簡単にこの信長が死ぬかよ！

と、その時、銃撃。信長の胸に当たる。崩れ倒れる信長。

家康　ええー!?

驚く家康。信長を抱きかかえると叫ぶ。

家康　今、死なないって言ったばかりでしょ。しっかりなされい、信長殿。信長殿!!

と、倒れていた信長の手が動く。帯にさしていた扇子を顔の前で広げる。

家康　え⁉
信長　叫ぶな、家康。唾が飛ぶ。
家康　ええ⁉
信長　どけ。

と、家康の手を払って立ち上がると、遠くに向かって語りかける。

信長　見事な腕だぞ。一発で心の臓を撃ち抜いた。ああ、実にたいしたものだ。どうだ、顔を見せてくれぬか。
家康　信長殿、危ない。
信長　うるさい。
家康　また撃ってきたらどうされます。
信長　それはない。（遠くに）おぬしは常に一発だけしか撃たぬ。そうだな。
家康　（その態度に慌てる）だから危ないですって。なぜそのようなことが言い切れます。
信長　先日撃たれた時、俺は運良く一発目をかわせた。俺を殺そうと思うのなら二発目を撃てばいい。だが、それはなかった。つまり、撃ち手は最初から二発目を用意していなかったということになる。
家康　それはたまたまでは。

信長　ここのところ、随分と配下の者が狙撃された。しかも心の臓を一発で射貫く恐るべき腕だ。（遠くに）おぬしは相手を一発で仕留めることに誇りを持っている。そうだろう。

家康　信長殿。

信長　（止める家康を無視して）だが、俺は生きている。どうだ、おぬしの弾を二発まで喰らって生きている男が、おぬしの顔を見たいと言うておるのだ。出てきてくれぬか。

家康　信長殿！

信長　あ、こいつか。こいつが邪魔か。（と、家康を指す）わかった。

と、いきなり信長、家康を殴る。

家康　え!?（と、気絶する）

信長　これで邪魔者は眠った。一対一だ。さあ。

倒れている家康。呼びかける信長。

と、短筒を構えた極楽太夫が出てくる。

但し、鉄砲撃ちの服装だ。この当時は雑賀衆の狙撃手、お蘭である。

信長　女だったのか。なるほどなあ。

お蘭　女だからと甘く見るな。この距離なら、短筒でも急所ははずさない。
信長　甘く見てるなら、こんなものは用意しない。

信長、胸の辺りを叩く。コンコンと金属音がする。

信長　南蛮渡りの胸当てだ。薄いが鉄砲の弾も弾いてくれる。
お蘭　胸を狙うと信じてたのか。
信長　それがおぬしの誇りだろう。
お蘭　……。
信長　どこの者だ。根来《ねごろ》か雑賀か。比叡山の焼き討ちが憎かったか。本願寺から頼まれたのか。
お蘭　……だとしたら。
信長　まあ、憎まれても仕方ない。俺は全てをひっくり返そうとしているからな。なあ、その腕、俺のために使ってくれぬか。
お蘭　ばかばかしい。なぜ命を狙う相手のために働かねばならない。
信長　うん、その通り。それは道理だ。でもな、おぬしと俺は同じだぞ。
お蘭　同じ。何が同じだ。お前は大名、私はただの鉄砲撃ちだ。
信長　それも本来男がやるべき仕事のな。女が鉄砲に触っちゃだめだ。第一、ろくに撃てるわけがない。そうやってのけ者にされてきた。だから、おぬしは腕ずくで周りを黙らせる。一撃必中にこだわるのはそのためだ。そうなんだろう。

お蘭　なぜわかる。

信長　俺も同じだからだ。今まであったというだけでこちらを締め付けるもの。そういうものを全部この腕でひっくり返して、今までにない世の中を作る。この俺が、戦に明け暮れる今の世を終わりにする。それを手伝ってくれ。

お蘭　え……。

信長　お前が撃った一発が、この世の柱をへし折って上と下とをひっくり返す。その方がよっぽど面白い。そう思わないか。

短筒を下げるお蘭。腰に下げていた革製の短筒嚢《ホルスター》に短筒をしまう。

お蘭　……煙草を一服、吸わせてくれ。

信長　どうぞどうぞ。じっくり考えてくれ。

帯に挟んでいた煙管《キセル》を抜くお蘭。普通のものよりも大きめ。口にくわえようとしたところで、信長、ハッとして、お蘭に飛びかかり、その煙管を奪う。

お蘭　何を!?

お蘭、腰の短筒を抜こうとする。信長、煙管を握る。と雁首から銃撃。お蘭の短筒を弾く。煙管に模した握り鉄砲だったのだ。

信長　やっぱり仕込み短筒だったな。

お蘭　貴様……。

信長　どうだ、三度だ。三度、お前の銃撃をかわしたぞ。今のはお前の試しだろう。もっとも撃ち殺されればそれで終わりの、厳しい試しだけどな。

お蘭　……お見通しか。

と、倒れていた家康を軽く足で蹴る信長。

信長　こら、家康。起きろ。狸寝入りはわかってるんだ。

家康　え。（と、目を開ける）

信長　いい加減に起きろ。

起き上がる家康。

家康　狸寝入りとは心外な。気絶したと油断させておいて、いよいよ信長殿が危ないとなれば、不意をついて襲いかかる所存でしたのに。

信長　隙を見て逃げ出す算段だったんだろうが。
家康　とんでもない。
信長　こいつは三河の徳川家康ってんだが、この通り食えない野郎でな。俺のあと、十七番目には天下が取れるかもしれない。
家康　十七番目。そんな先ですか。
信長　うまくやりゃあ次の次くらいかもな。まあ、食えないところが信用できる。一緒につきあってやってくれ。
家康　なんとまあ破天荒な。
信長　だから面白いんじゃないか。

と、そこに野武士達が数人、現れる。みな刀を抜く。

信長　どうやら伏兵がいたようだな。
お蘭　え。
信長　おぬしの雇い主はおぬしを信用してなかったってことだ。
野武士1　やれ。

刀を抜く野武士達。

家康　信長殿。

信長　すまんな、家康。ちっとつきあってくれ。

家康　やれやれ。こんな所で死んでは元も子もありませんからな。

と、お蘭をかばって野武士達と戦う信長と家康。二人、それなりに強い。野武士達を倒していく。が、野武士の一人の斬撃が信長の左の前腕部を斬る。

信長　く！

その野武士を短筒で撃つお蘭。

野武士達、全員やられる。

家康　大丈夫ですか。

信長　たいしたことはない。

お蘭、自分の着物の一部を破って信長の傷の部分に巻く。

信長　助かったよ。さすが、いい腕だ。

お蘭　……この傷、わざと受けたんじゃない？

信長　え？
お蘭　私が助けると思って、わざと。
信長　いやいや、そりゃ考えすぎだ。俺だって命は惜しい。いくらなんでも、自分を狙ってきた女をいきなりそこまで信じるわけがない。

と否定する信長だが、その表情からは真意は読めない。

お蘭　……気に入らないよ、その感じ。何から何までわかってるみたいな顔して。ほんとに気に入らない。
信長　……。

食えない顔の信長を見つめるお蘭。ふっと息を吐くと意を決する。

お蘭　で、誰を撃てばいい？
信長　お？
お蘭　誰を撃てばいいかって聞いてるの。
信長　そうか。やってくれるか。
お蘭　図に乗らないで。つまらない男だと思ったら撃ち殺すから。
信長　誰を頼むかによるってことだな。

お蘭　かもね。
信長　まずは、武田信玄。
お蘭　（さすがに驚く）武田の親玉かい。
信長　ああ。でも今はいい。まずはこの信長のやる事をしっかり見ていてくれ。その上で、どうにもならなくなった時はよろしく頼む。
お蘭　わかった。
信長　まだ名前を聞いてなかったな。
お蘭　お蘭だ。雑賀のお蘭。
家康　雑賀衆か。
お蘭　もっとも今は一人仕事ばかりだ。
信長　ならばこれからは俺が相棒だ。この傷がその盟約。宜しく頼むぞ、お蘭。

と、手傷を受けた左腕を掲げる信長。
お蘭にうなずくと家康と二人、立ち去る。
一人残されるお蘭。その佇まいは若いお蘭から極楽太夫へと戻っていく。
ここまでは極楽の回想だったのだ。

×　　×　　×

山の中腹に立つ極楽。
と、大きな袋を持った清十郎が現れる。

極楽　清十郎さん。
清十郎　髑髏党の動き、摑めました。まもなく党首の天魔王が下の道を通ります。北条との密談の帰りです。
極楽　ありがとう。

清十郎から袋をもらう極楽。中に火縄銃が二丁、入っている。

清十郎　二丁ですか。
極楽　なにか。
清十郎　殿からは、一発で標的を倒すと聞いていましたが。
極楽　それは若い時のこだわりよ。確実にやれなきゃ意味がないでしょ。
清十郎　それは確かに。

極楽、銃を点検する。

極楽　撃ったらすぐに逃げるわよ。逃げ道、確かめてる？
清十郎　もちろん。ですが、この距離ならこちらの居所は気づかれないと思いますが。
極楽　そう思って死んだ撃ち手をたくさん知ってるから。

清十郎　なるほど。

その時、二人、人の気配を感じる。清十郎が、自分が行くと目で語り、その物陰に向かう。すぐに沙霧を連れて戻ってくる。

沙霧　放せ、放せよ。
極楽　沙霧。
清十郎　そこに潜んでました。殺《や》りますか。
沙霧　ひい。
極楽　殺しちゃ駄目。なぜここに。
沙霧　あんたがなんで絵図面を見つけられたかを考えてみた。あたしが隠してるとこを見たからと言ってた。でもあそこは人も通らない山の中だ。じゃ、なぜそこにいた。あんたも何かを隠してたんじゃないか。それを確かめたくて、あの辺りに行ってみた。そしたらそこにその男が来た。
清十郎　あ……。
極楽　……隠してあった銃を取ってきてくれたのが見つかったってわけか。ほんとに鼻の利く子だね。
清十郎　俺のあとをつけてきたのか。
沙霧　山歩きなら忍びにも負けない。

極楽　やれやれ、あんたの正体まで見抜かれてるよ、清十郎さん。形無しだね。
沙霧　天魔王を狙ってるの？
極楽　それも聞いてた。
清十郎　やはり、殺りますか。
沙霧　待って。誰にも言わない。髑髏党は熊木の仲間達を殺した。あたしにも仇だ。
極楽　やっぱり熊木衆が髑髏城を。
沙霧　（うなずく）でも城が出来たら、天魔王はあたしらを捕らえた。逃げようとしたら皆殺しにした。あたしだけはかろうじて逃げ出した。
極楽　髑髏城の絵図面を持って。
清十郎　絵図面？

驚く清十郎。極楽、それを目で制す。

沙霧　豊臣軍に駆け込もうと思ってた。天魔王を倒してもらうために。絵図面には髑髏城の抜け穴も記されてるから。でも、今、あいつが倒せるんならそれでいい。あたしもここにいさせて。
極楽　天魔王の最期が見たいってこと？
沙霧　いやだと言っても動かないから。
清十郎　殺りますか。

極楽　だからやめなさいって。元々は私とあなたの落ち度でしょ。
清十郎
極楽　面目ない。
沙霧　（沙霧に）みんな殺されたの？　赤針斎《せきしんさい》殿も？
極楽　……うん。
沙霧　……そうか。
極楽　おじいを知ってるの？
沙霧　熊木衆の長《おさ》でしょ。安土城の普請の時に見かけたことがある。城作りの天才だって。
　　　安土の城も、赤針斎殿と熊木衆がいたから出来た。天の殿様はそう言って喜んでたわ。
沙霧　天の殿様？
極楽　信長公のこと。
沙霧　知ってるの、織田信長。
極楽　まあね。命を狙ったことも命を救ったこともあった。
沙霧　え……。
極楽　天魔王が憎い？
沙霧　（うなずく）
極楽　……わかった。じゃ、見てなさい。私が天魔王と一緒にあんたの恨みも撃ち抜く。
沙霧　え。
極楽　天魔王が死んだらその恨みも忘れること。
沙霧　……そんな……。

極楽　そんな簡単にいくことじゃない。でも、あんたみたいな若い子が、いつまでも恨んじゃいけない。昔に縛られることになるよ。

沙霧　……太夫。

極楽　清十郎さん、今の話はここだけのことに。あんたの主《あるじ》にも内密にね。

清十郎　しかし。

極楽　でないと、この仕事のあとに嫌な仕事が一つ増えることになる。

清十郎　そこまでその娘が大事ですか。

極楽　……一度助けると決めたからね。

沙霧　……太夫。

と、極楽が気配に気づく。天魔王一行が近づいてきたのだ。

極楽　そろそろね。

と、離れた山道を黒ずくめの鎧の一団が現れる。関東髑髏党だ。その先頭を進む異形の鎧に身を包んだ男。関東髑髏党党首、天魔王である。鋼で出来た黒ずくめの鎧兜に髑髏の面をつけている。その横を行く宮毘羅《くびら》の猛突《もうとつ》。その後ろに鉄機兵達が続く。離れた山腹で、それを見る極楽、沙霧、清十郎。

沙霧　いた。あれが天魔王だ。

　　と、指差す沙霧。

清十郎　ですね。横にいるのが幹部の宮毘羅の猛突。

極楽　わかった。

　　鉄砲を構える極楽。狙いを定めて引き金を引く。銃撃。見事、極楽の銃は天魔王の胸に当たる。が、弾は鎧に弾かれる。

沙霧　弾いた⁉

猛突　天魔王様！

　　驚く髑髏党。が、天魔王はさほど驚いてはいない。

極楽　次。

　　横に控えていた清十郎が次の鉄砲を渡す。
　　再び銃を構えて素早く撃つ極楽。再び天魔王の頭に命中。だが、これも弾かれる。辺りを見る猛突と鉄機兵。

猛突　ええい、どこから。探せ探せ！

山腹。撤退準備をする極楽達。

極楽　これ以上は無駄ね。逃げるよ。
沙霧　でもなぜ。弾は当たってたのに。
極楽　あれは無敵の鎧。刀も鉄砲の弾も弾き返す、南蛮渡来の鎧よ。
沙霧　無敵の鎧……。
清十郎　さ、こちらです。急いで。

と、逃げ出す三人。
まだ混乱している髑髏党。
と、天魔王がそれを制する。

天魔王　騒ぐな、猛突。

と、仮面を取る天魔王。その顔は信長と瓜二つ。仮面の弾が当たった辺りを調べる。

天魔王　さすがだな。
猛突　まさに。さすがは天魔の鎧。ご無事でなにより。
天魔王　そっちじゃない。胸に頭。見事な狙いだ。
猛突　今、撃ち手を追わせます。
天魔王　もういい。
猛突　え。

天魔王、極楽達がいた方を見やる。が、それも一瞬。すぐに歩き始める。

天魔王　かまうな。行くぞ。
猛突　は。お前達。天魔王様に続け。

髑髏党や天魔王達も立ち去る。

——暗　転——

【第四景】

無界の里。その一室。
二郎衛門と極楽、清十郎がいる。

二郎衛門　……無敵の鎧か。
極楽　まさか天魔王があれを着込んでいるとは。だけど、それで奴の正体が見えた。
二郎衛門　やはり影か。
清十郎　影？
極楽　信長公の影武者。
二郎衛門　ただの影ではない。世の道理の裏をかくのに長けた参謀役でもあった。時として鬼かと思う所業をなさる信長公の、その苛烈な策を支えたのはあ奴だった。
極楽　それだけじゃない。あの男が信長公を殺した。あいつが天魔王を名乗るなど許せない。
二郎衛門　仕事は仕事とわきまえたほうがいい。私怨に走ると足下を救われるぞ。
極楽　わかってますよ。こちらにも考えがあります。
二郎衛門　ではそちらはまかせて、儂は箱根にでも足をのばすか。いい湯が沸くらしいからな。
極楽　と言いながらの戦の下見ですか。

二郎衛門　いやいや。せっかくの牢人だ。大名ではやれぬことをやるだけだよ。

そこにおよしが膳を持って入ってくる。

およし　あの、お食事の準備が……。

二郎衛門　おうおう、待っておった。ささ、こっちへ。こっちへ来い。酌をしてくれ。

およし　でも、旦那には太夫が……。

二郎衛門　よいのだよいのだ。いい女はすぐに飽きる。女性《にょしょう》はな、年輪を重ねて重ねて重ねすぎたぐらいがいい。おぬしのようにな。

およし　そ、そんな。

極楽　遠慮することはないよ。ちょうど出かけるところだった。

二郎衛門　出かける？

極楽　考えがあると言ったでしょう。

二郎衛門　……なるほどな。（およしに）ささ、酌をしてくれ、およし。それとも儂がイヤか？

およし　（極楽に）いいんですか。

極楽　あなたがイヤじゃなければ。

およし　（急に色っぽくなり）じゃあ。

極楽　（微笑み）じゃ、あとは宜しくね。

と、部屋を出る極楽と清十郎。大通りの方に歩いていく。

極楽　ありがとう。沙霧のこと、黙っててくれて。

清十郎　太夫に恨まれちゃあとが怖い。ただ、殿の身に危険が及びそうな時は遠慮なく殺《や》りますよ。

極楽　そうならないことを祈るわ。

軽く会釈すると去る清十郎。
大通りに出る極楽。
無界の里は相変わらず賑わっている。
沙霧が居る。極楽に気づき声をかける。

沙霧　太夫。

と、兵庫が奥から転がり出てくる。追い出したのは浅黄と女達と荒武者隊だ。

兵庫　あいたたた、何するんだよ。

浅黄　何するも何も、無界の里だって商売なの。飲み食いしたいんなら銭持っておいで。

兵庫　だから、持ってきたじゃねえか。

と、浅黄が木の板を出す。

浅黄　持ってきたって、これが銭か。木の板に墨で「金十まい」って書いてるだけじゃない。
兵庫　それだけじゃねえぞ。ちゃんと裏には「ひょうご」って書いてある。
浅黄　だからそれがなんだっての。
兵庫　これは兵庫札《ひょうごさつ》だ。この抜かずの兵庫様が名を上げて、金回りがよくなったら払ってやるって約束の札じゃねえか。
浅黄　馬鹿じゃないの。てか馬鹿、馬鹿丸出し。あんたみたいな大馬鹿者にいつ金回りが良くなる日が来るの。いーえ、来ません。あり得ない。ほら、お前達、やっちまいな。

と、荒武者隊に指図する。と、荒武者隊、兵庫の身体をまさぐる。

兵庫　よせ、やめろ。お前ら、この兵庫の兄貴にそんな真似していいと思ってるのか。
青吉　すんません、兄貴。
白介　でも、今は俺達、奉公の時間。無界の里の人間です。
黒平　俺達も辛い。でも、仕事はきっちりやるのが男の筋。
赤蔵　筋を通せと言ったのは兄貴じゃないですか。
黄平次　兄貴ならきっと、よくやったお前達と言ってくれる！

兵庫　言わねえよ！　やめろ！

と、彼の懐から金袋を抜き出す青吉。

兵庫　あ、俺のへそくり。
青吉　浅黄さん、これ。
兵庫　くそう、覚えてやがれ。（と、逃げ去る）
浅黄　（荒武者隊に）ご苦労さん。よし、奉公の時間終わりだよ。

荒武者隊、いきなり態度を変えて「待って下さい」「ごめんなさい、兄貴」などと言いながら兵庫のあとを追って行く。

沙霧　（兵庫達に呆れている）……馬鹿だなあ。
極楽　ほんとに。
浅黄　あ、太夫。これはお恥ずかしいところを。
極楽　ううん。いい町だねえ、ここは。
浅黄　そうですか。
極楽　ああ。女はみんなべっぴんで男はみんな馬鹿。こんな町、そうはないよ。
浅黄　確かにそうかもしれませんね。じゃあ。

と、奥に入る浅黄。
沙霧が極楽に話しかける。

沙霧　懐かしいね、この町。
極楽　懐かしい？
沙霧　うん。懐かしい匂いがする。おじい達と一緒に城作りをしてた時、仲間と一緒に一つの物を作る騒々しさと厄介さと楽しさと。あの時と同じ風を感じる。
極楽　その城って、ひょっとして安土の城？
沙霧　そう、織田信長の居城。地下一階に地上六階、おまけに吹き抜けでその上に天守閣、あんな城、他になかった。
極楽　安土の城下町、賑やかで華やかで猥雑で、古い物から解き放たれて自分たちの町を作るんだ。そんな気分で満ちあふれてた。似てるねえ、この無界の里は。
沙霧　ほんとに。

沙霧を見る極楽。

極楽　二三日、留守にする。あんたはここにいて。
沙霧　え。

と、夢三郎が出てくる。極楽に気づき、声をかける。

夢三郎　太夫、お出かけですか。
極楽　ええ、ちょっと。
夢三郎　……困ったな。
極楽　二三日ですよ。
夢三郎　噂ですが、髑髏党の党首が襲われたらしい。ここにもきな臭い風が吹いてきた。いつ何があるかわからない。今の様子が落ち着くまで、あなたがいると心強いのですが。
極楽　私みたいな渡り遊女が何を……。
夢三郎　ただの渡り遊女じゃない。兵庫に聞きました。
極楽　……あいつ。
夢三郎　髑髏党には欲で縛るやり方は効かない。さすがに私一人じゃ、この里を護りきれない時が来る。その腕、この里のために使って欲しい。

考える極楽。自分の狙撃が失敗したことが原因ということもあり、うなずく。

極楽　……わかりました。
夢三郎　ありがとう。

極楽　沙霧、ちょっと。

極楽、夢三郎に会釈すると、その場を離れる。二人を見送る夢三郎。その表情、どこか冷たい。が、すぐに奥に引っ込む。

人のいない片隅まで沙霧を引っ張ってくる極楽。

沙霧　どうしたの？

極楽　ちょっと頼みがある。ほんとはあたしが行きたかったんだけど、あなたなら頼める。

沙霧　え。

とまどう沙霧。

×　×　×　×

髑髏城内。廊下。

猛突と鉄機兵達が城内に戻ってくる。

猛突のもとに妙声と水神坊が来る。

隅の方で黙々と箒で掃除している鉄機兵が一人いる。

水神坊　猛突、ちょっと待て。

猛突　なんだ。絵図面は見つかったのか。

水神坊　熊木の娘なら無界の里に入った。
猛突　無界の里か。
妙声　ああ、今は様子見だ。
水神坊　そんなことより、天魔王様が撃たれたそうではないか。
妙声　お前がついていながらなんという有り様だ。
猛突　だが天魔王様はご無事だ。
水神坊　無事ならいいというものではない。しかも、撃った輩も取り逃がすとは、なんという失策だ。
猛突　それも天魔王様のご意志だ。追う必要はないと言われた。
妙声　なに。
猛突　その件に関しては、我々の手出しは無用だとはっきりおっしゃった。
水神坊　天魔王様は何を考えておられるのだ。
猛突　あの方のお考えが我々にわかると思うか。我らはただ、あの方に従えばよい。それが我ら髑髏党の掟ではないか！

最後の方は朗々とした歌になる。その声量と貫禄に圧倒されて、なんとなく納得する妙声と水神坊。しかも掛け合いがいつの間にか歌になる。

妙声　それは確かに。

水神坊　その通り。
猛突　しっかりしろよ、二人とも。豊臣との決戦は近い。今こそ我らの力を見せる時。
妙声　貴様に言われる筋合いはない。この迷企羅の妙声と。
水神坊　波夷羅の水神坊。
二人　髑髏城は我らが護る。髑髏党が天下を掴む。
猛突　鉄機兵！

と、声をかけると後ろに鉄機兵がずらりと現れる。猛突と妙声と水神坊、三人が歌うバックで踊る鉄機兵。筝を持った鉄機兵だけは、その有り様を隅で呆然と見ている。

三人　戦え髑髏党、強いぞ髑髏党。
妙声　迷企羅の妙声。
水神坊　波夷羅の水神坊。
猛突　宮毘羅の猛突。
三人　我ら髑髏党三幹部、天魔王様の指揮のもと、力の限り戦って、掴んでみせるぞ、この世の全て。ああ関東髑髏党、第六天に我らあり。

三幹部と鉄機兵、堂々と歌い上げる。なぜか幕が閉まる。筝を持った鉄機兵は呆然と立っている。仮面を外す。三五だ。

三五　……だめだ。やっぱ、合わんわ。この集団。

つぶやくと立ち去る三五。

――暗　転――

【第五景】

とある山奥。暗闇。
カーン、カーンと刀を打つ音。
明るくなる。鍛冶場だ。自分の打った刀に見ほれている男がいる。カンテツである。

カンテツ　美しい、タナカとはまっこと美しい。

それをとがめる贋鉄斎《がんてつさい》。
カンテツの師匠だ。顔も身体も傷だらけである。

贋鉄斎　こら、カンテツ。
カンテツ　親方。
贋鉄斎　それはタナカではない、刀だ。
カンテツ　え。
贋鉄斎　第一儂らは鉄砲鍛冶だ。刀鍛冶ではない。なんでお前は刀を打っている。
カンテツ　タナカ？　タナカを売るのか。タナカ売り？

贋鉄斎　売らない、タナカは売らない。
カンテツ　タナカ占い？　(と、近くにあった薪を持っていた刀で斬るとその断面を見る)　ややや。凶だ。くそー。(と、刀を研ぐと、もう一度薪を斬る。断面を見て満足そうにうなずく)　よし。
贋鉄斎　大吉になったか。
カンテツ　大凶。
贋鉄斎　大凶なのはお前の頭だ。しっかりせい。刀じゃない、鉄砲だ。お前は鉄砲鍛冶。
カンテツ　お？　おお。(と、鉄砲を持つ)
贋鉄斎　そうだ。それでいい。
カンテツ　よおし。(と、颯爽と銃を構える。そのあとおもむろに銃身を研ぎ出す)
贋鉄斎　研がなくていい。銃は研がなくていい。
カンテツ　よし。(研いだ銃身で薪をスパッと斬る)
贋鉄斎　斬れるのか。
カンテツ　しかも大吉だ。(と、切り口を見て嬉しそう)

途中から沙霧が現れる。呆れて様子を見ているが、気を取り直して声をかける。

沙霧　あの、ここに贋鉄斎さんという方は。
カンテツ　はい。(と、手を上げる)

贋鉄斎　こら、お前は違う。贋鉄斎なら儂だが。
沙霧　沙霧って言います。極楽太夫から頼まれてきたんだけど。
贋鉄斎　極楽太夫？　誰だ、それ。
カンテツ　はい。（と、手を上げる）
贋鉄斎　お前じゃない。
沙霧　手紙が届いてるはずです。鳩を飛ばしたって。
贋鉄斎　ああ、雑賀のお蘭か。
カンテツ　はい。（と、また手を上げる）
贋鉄斎　お前じゃない。お前はカンテツだ。
カンテツ　え？
贋鉄斎　カンテツ。儂の弟子のカンテツ。
カンテツ　お？　おお。カンテツだ。（と、沙霧に挨拶すると）タナカさんだ。（と、刀を差し出す）
沙霧　田中さん？
カンテツ　ん。
贋鉄斎　そいつのことは気にせんでくれ。確かにお蘭からの手紙なら読んだ。
カンテツ　お蘭からの鳩なら焼いた。（と、隅の方に置いてあった串刺しの鳩の丸焼きを出すとかじる）うまい。
沙霧　えええ。
贋鉄斎　（カンテツに）お前は少し黙ってろ。鉄砲の弾をはね返す無敵の鎧だったな。

沙霧　うん。普通の鉄砲じゃ歯が立たない。
贋鉄斎　恐らく南蛮渡来の特殊な板金《いたがね》で出来ているな。
沙霧　南蛮物？
贋鉄斎　おう。鋼《はがね》を超える鋼だ。儂が作った銃三十丁と交換して、南蛮人からようやく手に入れた代物だ。

と、奥から金属板を出す。が、横が刃物のように尖っていたのか手を切る。

贋鉄斎　あいたたた。
沙霧　大丈夫？
贋鉄斎　手を切った。
カンテツ　俺が研いだ。
贋鉄斎　またお前か。
沙霧　研ぐの？
贋鉄斎　こいつは隙あらば、なんでもかんでも研ぎやがる。
カンテツ　研げるよ、俺、なんでもかんでも。
沙霧　そうなんだ。
贋鉄斎　全く、油断も隙もない。
カンテツ　俺が研いだもので死んだら本望だ。親方もそう言ってた。

贋鉄斎　言ってない。そんなことは一言も言ってない。
沙霧　贋鉄斎さん、その顔の傷も全部そうやって作ったんじゃ……。
カンテツ　それがタナカに一生を捧げた男の勲章。
贋鉄斎　そんな勲章はいらん。儂は天才鉄砲鍛冶の贋鉄斎。死ぬのなら自分が作った鉄砲で撃ち殺される。それこそが本望。
カンテツ　わかった。

カンテツ、銃を取り贋鉄斎を撃つ。かろうじてかわす贋鉄斎。

贋鉄斎　撃つなよ、死んじゃうだろ。
カンテツ　本望だって。
贋鉄斎　たとえ話。たとえ話だから。
沙霧　（呆気にとられているが気を取り直し）……その無敵の鎧を貫く鉄砲、贋鉄斎さんなら必ず作れるから受け取ってこい。そう頼まれたんだけど。
贋鉄斎　儂を誰だと思っとる。天才、贋鉄斎様だぞ。
沙霧　おお。
贋鉄斎　お蘭の知らせを受けてから、二日間、ずっとそいつで頭がいっぱいだ。丸二日ずっと眠っておったわ。
沙霧　寝てたの。

贋鉄斎　心配するな。その間、ずっとこの弟子のカンテツが働いておった。
カンテツ　うす。もう三日寝てないす。
沙霧　大丈夫？
贋鉄斎　心配するな。頭は悪いが腕は確かだ。
カンテツ　安心しろ。俺は鉄砲鍛冶だ。もちろん鉄砲も作る。

と、そばに置いてあった大根を摑むと撃つ。

沙霧　え、これ鉄砲？
カンテツ　仕込み鉄砲だ。研ぐのも好き。隠すのも好き。うん。（と、うなずく）
沙霧　確かにすごいっちゃあすごいけど。
贋鉄斎　というわけだ。必殺必中の撃鎧銃《げきがいじゅう》。もう一晩で完成する。
沙霧　撃鎧銃？

贋鉄斎が指を鳴らすと垂れ幕が出てくる。
そこに「撃鎧銃」と書かれている。

贋鉄斎　鎧を撃つ銃と書いて、撃鎧銃だ。

カンテツ、その「撃鎧銃」の文字に「タナカ」とルビを振っている。

贋鉄斎　タナカはもういい！

シュンとして、タナカの文字を消すカンテツ。

贋鉄斎　全く余計なことばかり。鉄砲鍛冶ならちゃんと鉄砲のことをやれ。

カンテツ　ん。（と、うなずく）やってるぞ、鉄砲。

贋鉄斎　頼むぞ、本当に。やれやれ。怒鳴り続けで喉も渇くわ。

と、水瓶のそばにあった柄杓を取る。

カンテツ　あれも仕込み鉄砲。

その言葉に、贋鉄斎が柄杓の椀状の部分を見る。と、そこから銃弾が発射され、贋鉄斎を貫く。柄の部分が鉄砲で、握ると発砲する仕掛けだったのだ。

贋鉄斎　ぐわ！（と、倒れる）

沙霧　が、贋鉄斎さん‼

倒れる贋鉄斎。

贋鉄斎　……わ、儂はもうダメだ。
沙霧　ええー。
カンテツ　親方、しっかりしろ、親方！

贋鉄斎を抱きかかえるカンテツ。

カンテツ　くそう！　誰だ、いったい誰が親方を!?　（沙霧を見て）お前かー!!
沙霧　違うよ！
贋鉄斎　……もういい。落ち着けカンテツ。自分が作った鉄砲で死ねるのだ。鉄砲鍛冶にとってこれほどの幸せがあろうか。至福至福……。
沙霧　でもその鉄砲はこの人が……。
贋鉄斎　弟子の仕事は師匠の仕事だ。これほどの仕込み鉄砲、素晴らしい。よくやったぞ、カンテツ。
カンテツ　（ボロボロ泣いている）お、親方。
贋鉄斎　そう、泣くな。あとはお前がやるのだ。
カンテツ　お、俺が。

贋鉄斎　ああ。撃鎧銃、見事仕上げて見せろ。
カンテツ　お、俺一人で。
贋鉄斎　今日からお前が贋鉄斎、二代目贋鉄斎だ。
カンテツ　わかった。今日から俺が二代目タナカさんだ！
贋鉄斎　ち、ちがう。タナカさんじゃない……。

抱いていた贋鉄斎を放り出すと立ち上がるカンテツ。その目に決意の炎。

カンテツ　まかせろ。（「撃鎧銃」と書かれた垂れ幕を指して）このタナカさんは必ずこのタナカさんが仕上げてみせる。（と自分を指す）タナカさん？（と、混乱する）タナカさん？　え、誰？（沙霧を指して）タナカさん？
沙霧　沙霧だよ。もう。大丈夫かなあ。

と、倒れていた贋鉄斎がよろよろと起き上がる。

贋鉄斎　……安心しろ、沙霧。贋鉄斎に不可能はない。儂の技はこいつに受け継がれた。儂らを信じろ。
カンテツ　そうだ、沙霧！　俺にまかせろ！
贋鉄斎　よく言った、カンテツ！

カンテツ　よく言えた、おれ！

笑いながらよろける贋鉄斎。命燃え尽きる前の哄笑であった。

沙霧　贋鉄斎さんーッ！

カンテツ　親方ーっ‼

カンテツ、駈け寄り贋鉄斎を抱きしめる。

沙霧　贋鉄斎さん、あなたの最後の言葉、肝に銘じたよ。頼むね、カンテツ。

カンテツ　まかせろ。お前は帰れ。

沙霧　え。

カンテツ　一人でやる。お前がいると気が散る。研ぎたくなる。お前のその鼻をトッキントッキンに。

沙霧　ええー。

カンテツ　行け。

沙霧　わかった。（地図を置く）ここが無界の里。私もお蘭さんもここにいる。地図読める？

カンテツ　大丈夫。沙霧のにおい覚えた。その匂い、追っていくぞ。

沙霧　じゃ、待ってるから。

と、立ち去る沙霧。

カンテツ　よおし、やるぞ、俺！

と、勢いよく鉄砲を研ぎ出すカンテツ。

——暗　転——

【第六景】

無界の里。客が集まっている。

音楽。艶やかな太夫の衣裳を身につけた極楽太夫が現れる。浅黄たち無界の女を引き連れて華麗に歌い舞う。それは無界の里を誇る歌だ。

それを見ていた夢三郎、清十郎、兵庫や荒武者隊は拍手喝采。

夢三郎　さすがですね。極楽太夫の通り名は伊達じゃない。
極楽　やめてよ。いるんだったらついでに芸を見せて欲しいって言うから。夢さんも相当あつかましいね。
夢三郎　勉強になりました。ほら、極楽姐《ねえ》さんにお礼を。
無界の女達も口々に極楽に礼を言う。
極楽　やめてってて。こういうのは柄じゃないから。（見ていた清十郎に声をかける極楽）そういや狸穴の旦那は？　こういう騒ぎには目がないはずだけど。
清十郎　箱根に湯治に。

極楽　ほんとに行ったんだ。いいの、あなたは。
清十郎　私は太夫を守るよう言いつけられてます。
極楽　なるほど。抜かりないわね、あの狸親父。

と、荒武者隊とごそごそ話していた兵庫、意を決して極楽に近づく。

兵庫　ご、極楽太夫！
極楽　はい。
兵庫　あんた、すごいよ。気っ風もいい。芸もある。はっきり言おう。この抜かずの兵庫、あんたに惚れた。
荒武者隊　よ、兄貴！
極楽　はい？
兵庫　わかんねえかな。関東一の男の中の男、桓武平氏の流れを汲んだ天天天下の荒武者隊、その頭目の抜かずの兵庫が、極楽太夫に惚れきった。そう言ってるんだよ！
荒武者隊　兄貴かっこいい！

と、そこに突然現れるぜん三。

ぜん三　なに、格好つけとるだ、ひょう六。

兵庫　あ、あにさ。
一同　あにさ？
兵庫　あ……。
ぜん三　やっと、やっと見つけただに。なにが桓武平氏だ。おめさは、ただの水飲み百姓のせがれでねえだか。さ、村さけえっぺ。おっとうもおっかあも待っとるだに。
兵庫　ど、どなたさまですかね、あなたさまは。
ぜん三　とぼけても遅い。おめさのあにさのぜん三だ。ほれ、この顔忘れただか。村のもんもみんなおめえの罪は許す言うとるだ。この関東はおっそろしいとこだ。こんなとこ、いるもんでね。
兵庫　もう、やだなあ。おじさん、何か勘違いなさってる。俺は兵庫。
ぜん三　うんにゃ、おめえはひょう六だ。おらの目に狂いはねえだ。さ、けえっぺ。ふが。

ぜん三、兵庫に鳩尾を殴られて気を失う。

兵庫　おや、どうしたのかな。気分でも悪くなったのかな。おめえ達、この見ず知らずのおっさんを向こうに連れていけ。
荒武者隊　え。
兵庫　いいから早く！
荒武者隊　へい。

気絶したぜん三を連れていく荒武者隊。

極楽　兵庫さん、あんた。

兵庫　あんな親父、俺は知らねえ。一切関係ねえだ！

極楽　ねえだ⁉

兵庫　いや、違う。忘れろ、今までの一切は忘れろ。そして俺の目を見ろ。

と、言いながらもうろたえているため、目を合わさない兵庫。

極楽　そっちが目を合わさないんじゃない。

と、目を閉じて頭を下げて右手をまっすぐに差し出す兵庫。

兵庫　お願いします。僕とつきあって下さい。

極楽　えー。（ととまどう）

と、そこに着流しの男がフラリと現れて、兵庫の手を握る。

着流し　ありがとう。でも、ごめんなさい。
兵庫　え？　（と、顔を上げ）お、お前、誰だ!?

兵庫、驚く。一同も驚く。極楽はもっと驚いている。その顔は織田信長に瓜二つだったのだ。素顔の天魔王である。

天魔王　俺か？　俺は通りすがりのお節介だ。
兵庫　だったら、さっさと通りすぎろ。
天魔王　そうはいかない。その女はお前には荷が重すぎる。とっとと諦めることだな。
兵庫　なんだと。

と、怒る兵庫を止める極楽。真っ青な顔になっている。

極楽　やめろ、兵庫！　その男に手を出しちゃいけない！
兵庫　え。（極楽の剣幕に驚く）
極楽　なぜだ。なぜお前がここに来た。
天魔王　おいおい。お前が呼んだんじゃないか。（と、指を銃の形にして極楽を撃つ真似）。
極楽　やっぱり、お前が……。

着流し姿の天魔王、笑いかける。

天魔王　久しぶりだなあ。八年ぶりか。

極楽　……そうなるね。

天魔王　極楽太夫とは驚いた。

極楽　……なんのつもり。

天魔王　つもり？　つもりもなにも積もる話をしに来ただけだよ。

兵庫　おいおい。昔なじみかなんだか知らねえが、こっちは太夫に大事な話をしてんだ。あとにしてもらえねえか。

極楽　やめて、兵庫！

兵庫　太夫。

極楽　いいから下がって！

その剣幕にひるむ兵庫。清十郎、様子を見ている。

極楽　ここじゃなんだから。

と、天魔王を無界屋の裏に誘う。

天魔王　わかった。

歩き出す二人。

兵庫　太夫！
極楽　（振り向き）誰も来ちゃいけない。

目で一同を制す極楽。

天魔王　それがいい。（清十郎に）人の秘め事覗こうなんて奴は、気をつけねえと天罰が下るぞ。

極楽、清十郎に目で動くなと言う。うなずく清十郎。天魔王と二人、立ち去る。
緊張感が解ける一同。

兵庫　おいおい、なんなんだよ、ありゃあ。
浅黄　なんか、立ち入れない雰囲気だったよねえ。
およし　あれはわけありだね。残念だったね、兵庫の旦那。
兵庫　うるせえうるせえ。

夢三郎　さわぐな、兵庫。
兵庫　え……。

夢三郎も今までになく固い表情。
立ち尽くす一同。

×　×　×　×

無界屋の裏。歩いてくる天魔王と極楽。

天魔王　さて、どうするね。ここで俺を撃ち殺すか。
極楽　出来るものならとっくにそうしてる。
天魔王　極楽太夫か。顔見せの踊りにかまけて、短筒の一つも忍ばせてないとは、甘くなったもんだな。
極楽　そこまで見越して姿を見せたんだろう。お前は人の隙や弱味を突くのが昔からうまかった。
天魔王　さすがは雑賀のお蘭。こっちのこともお見通しか。
極楽　天魔王とはご大層なことだ。影武者だったお前が、いまさら天の殿様の後釜にすわるつもり。
天魔王　それが気に食わなくて俺を狙うのか。それよりも、俺のために天下を撃ち抜いてくれないか。

極楽　笑わせないで。
天魔王　殿を失ったのはお互い様だ。なのに、なぜ家康如きに従う。
極楽　従う？　違う。誰に頼まれなくてもお前は私が撃つ。殿を、信長公を殺したのはお前だ。
天魔王　ほう。
極楽　本能寺で殿を殺したのはお前だ。殺して信長公と入れ替わり天下を握ろうとした。それに気づいた明智光秀が本能寺に駆けつけた。だが、その時には、殿はすでに殺され、お前は逃げ出し、地に潜っていた。
天魔王　なるほどな。それが浪速の猿や駿府の狸が書いた筋書きか。
極楽　なに。
天魔王　いかにも俺は影の男だ。だが、天は落ちても影は滅びない。いや、そもそも何が影で何が天だと思う。

と、天魔王、左の袖をまくり上げる。そこにくっきりと浮かぶ刀傷。それはかつて信長と初めて出会った時に、彼が受けた刀傷と同じ場所にあった。

極楽　その傷。
天魔王　お前との盟約だ。
極楽　……まさか……。

愕然とする極楽。
と、その時、遠くから沙霧の叫ぶ声が聞こえる。

沙霧（声）　立ち去れ、髑髏党！

ハッとする極楽。

極楽　あの声は、……沙霧!?

袖を戻す天魔王。

天魔王　今日は顔見せだ。ここから先は時と場所を改めて。積もる話のその先は。
極楽　その先は。
天魔王　髑髏城で待っている。

笑うと立ち去る天魔王。

極楽　……天魔王。

と、あとを追おうか迷うが、今は準備が足りないと判断する。

極楽　く。

沙霧の声の方に向かう極楽。

×　×　×　×

少し時間は戻って。無界の里の近く。

贋鉄斎の庵から戻っている沙霧。

と、突然彼女に襲いかかる一人の鉄機兵。

沙霧　よせ、放せ！

沙霧の抵抗にも関わらず、懐から巻紙を引き抜く鉄機兵。

沙霧　返せ！

鉄機兵　動くな。（と、刀を突きつけながら絵図面を見る）これは髑髏城の絵図面か。そうなんだな。

しぶしぶうなずく沙霧。

彼女を刀で牽制しながら、兜を取り素顔を見せる鉄機兵。その顔、三五である。

三五　よし、やった。

沙霧　お前、確か荒武者隊の裏切り男。

三五　小田切三五だよ。

そこに兵庫と荒武者隊が現れる。

赤蔵　やめなよ、兄貴。

兵庫　うるせえ。

黄平次　ふられた女のあとを追うなんて、みっともねえよ。

兵庫　ふられてねえ！　このままじゃ、どうにも納得いかねえ。極楽、どこ行った、極楽。

と、極楽を探している兵庫、三五と沙霧を見つける。

兵庫　あ。三五、てめえ、なにしてやがる！

三五　（沙霧を刀で牽制し）動くな。絵図面さえもらえれば、お前達に手出しはしない。争い事は嫌いなのだ。

兵庫　絵図面？
三五　髑髏城の絵図面だ。この女が持っていると髑髏党で耳にしたからな。こうやって無界の里の周りで機会をうかがっていたのだ。
兵庫　てめえ、骨の髄まで髑髏党に成り下がったか。
三五　髑髏党ぉ？（ペッと地面に唾を吐く）やめたやめた、あんなとこ。鉄機兵どもは馬鹿だし、幹部は無駄に歌うし。俺の知性とは相容れない。
兵庫　じゃ、なんで絵図面を奪う。
三五　こいつは豊臣の軍に持っていく。そして、家来に取り立ててもらう。髑髏党なんか、豊臣軍に比べればゴミ以下。ここで一句。髑髏党、お前らみんな、ダンゴムシ。
沙霧　……なんか、ひどいな。あんた。
三五　なめてもらっては困るな。俺の手の平返しは稲妻より早い！　じゃあな。

と、立ち去ろうとするところに妙声と鉄機兵が現れる。

三五　あ。

と、三五、電光石火の早業で踵を返して、沙霧を羽交い締めにすると口を押さえる。
さっきまでの態度から豹変。一気にへりくだる。

三五　沙霧を捕らえましたぞ、妙声様。お探しの髑髏城の絵図面、この小田切三五が手に入れました。

絵図面を差し出すと受け取る妙声。

妙声　（絵図面を見て）おお、確かに。
兵庫　ほんとにお前という奴は。
妙声　よくやった。その女を連れて髑髏城に戻るぞ。
三五　おまかせを。あばよ、兵庫。
沙霧　冗談じゃない！

と、沙霧、抵抗する。三五の拘束を解き逃げ出し、兵庫の方に逃げる。

妙声　貴様！
兵庫　大丈夫か、沙霧。
沙霧　うん。
兵庫　さあ。絵図面を返しやがれ！
荒武者隊　返しやがれ！
沙霧　もういいよ、兵庫。今は命のほうが大事だ。（髑髏党に）その絵図面はくれてやる。

妙声　だから、とっとと立ち去れ。さもないと、またどこから銃弾が飛んでくるかわからないよ。
沙霧　え。
妙声　鉄砲撃ちはいつだって髑髏党を狙ってるんだ。天魔王は無敵の鎧があったから助かったけど、あんた達は無事ですむかな。
沙霧　ぬぬぬ。
三五　(叫ぶ) わかったら立ち去れ、髑髏党‼
妙声　妙声様、命あっての物種ですよ。絵図面があれば天魔王様も満足なされます。
三五　そうかな。
妙声　そうです。
　　　ええい。退け退け、お前達!

　　　逃げ出す妙声、三五、鉄機兵。
　　　ホッとする沙霧と兵庫、荒武者隊。

沙霧　……やれやれ。
兵庫　極楽は?　どこから狙ってる。
沙霧　あれはハッタリだよ。
兵庫　え、あ、そうか。いい度胸だなあ、お前。

そこに極楽が現れる。

極楽　沙霧！　大丈夫⁉

沙霧　うん。なんとか。

極楽　髑髏党は？

沙霧　太夫のおかげで追い払えたよ。

極楽　え？

沙霧　なんでもない。

兵庫　でも、絵図面を奪われちまった。

沙霧　仕方ない。死ぬよりましだ。

兵庫　しかし、あの絵図面が髑髏城のものだったとはな。なんでそんなもの、お前が持ってた。

極楽　沙霧は熊木衆、城作りの職人集団だ。髑髏城も彼女達の一族が作った。

兵庫　なるほど、それでか。

極楽　……兵庫、しばらく関東を離れろ。

兵庫　え。

極楽　沙霧も。

沙霧　なんで。もうすぐ鉄砲も出来るよ。太夫の頼み通りの、天魔王を倒せる鉄砲が。

極楽　ありがとう。でも、事情が変わった。あの男が来たってことは、悠長にしている時間はない。
兵庫　あの男？　さっきの男か。
極楽　ああ。あいつが天魔王だ。
兵庫　そんな……。

荒武者隊も驚く。

極楽　秀吉軍二十万人と関東髑髏党二万人、もうすぐこの関東荒野で戦となる。
兵庫　秀吉の相手は北条じゃねえのかよ。
極楽　それは表向き。狙いは髑髏党征伐だ。喧嘩っ早いお前は戦に巻き込まれて、無駄に命を捨てることになりかねない。
兵庫　冗談じゃねえ。じゃ、あんたはどうするんだ。無界の里はどうなるんだ。髑髏党だか秀吉軍だか知らねえが、関東の筋は俺達関八州荒武者隊が通す。
極楽　髑髏党二万人相手にどう戦う。
兵庫　決まってらあ。二万回ぶん殴るだけのことだ。
極楽　兵庫。
兵庫　なに、おじけづいてるんだ。髑髏党二万人、秀吉軍二十万人。合わせて二十二万回ぶん殴ればすむだけのことじゃねえか。

極楽　無茶だよ。
兵庫　おいおいおい。無茶を通すのが俺達傾奇者だろうが。沙霧、お前、城が作れるんだな。
沙霧　だったら無界を砦にできるか。
兵庫　砦に？
沙霧　戦の間は砦にして無界を護る。襲ってきた奴はみんな俺達がぶん殴る。よし来い。さっそく夢の字に相談だ。あいつは頭も切れれば腕も立つ。奴がうなずきゃみんなも動く。いくぜ、お前達。
荒武者隊　へい！
極楽　兵庫。

極楽が止めるのも聞かず駆け去る兵庫と荒武者隊。

沙霧　太夫。あたしも兵庫にのっかるよ。
極楽　え。
沙霧　ただ逃げ回るのは、もうイヤだ。あんたがあたしを見過ごせなかったように、あたしも無界の里を見過ごせない。

と、駆け去る沙霧。
一人残される極楽。

極楽　流れ流れの極楽太夫、流れたはずの昔の縁《えにし》もそう簡単には消せなかったってことか。いいわ、だったら私も覚悟を決める。

歩き出す太夫。と、その前に立つ清十郎。

清十郎　どちらに。髑髏城ですか。
極楽　だったらどうする。
清十郎　困りましたね。殿からはあなたを守るように言われてる。
極楽　私の腕をだろ。この腕が敵に回るようなら始末しろ、そうも言いつかっているはず。
清十郎　かなわないね、太夫には。
極楽　だったら好きなだけついてきな。地獄極楽紙一重、その一重の境《さかい》見極めたなら、いつでもこの首、飛ばしておくれ。

言い放つと、歩き去る極楽太夫。清十郎、見送ると闇に消える。

——第一幕・幕——

――第二幕――　天を継ぐもの

【第七景】

髑髏城天魔の間。
そこで待っている素顔の天魔王。横に天魔の鎧が飾ってある。
と、猛突が入ってくる。

猛突　天魔王様。極楽太夫が参りました。
天魔王　おお、待っていた。

極楽が入ってくる。

天魔王　来たな、お蘭。
極楽　すんなり通してくれたものだね。もっと手荒い歓迎が待っているかと思ったけど。
天魔王　お前と会うのに、なぜそんな無粋な真似をしなければならない。
極楽　どうだか。
天魔王　しかしよく生きていた。
極楽　そんな前口上はいい。その腕の傷、どういうこと。

天魔王　決まっている。俺が信長だということだ。もう二十年も前になるか。お前に撃たれお前に救われた時の手傷。この傷はあの時の盟約の傷だ。

と、左の袖をまくり傷を見せる天魔王。

極楽、嬉しさと困惑が混じる。

極楽　でも……。……だったらなぜ、己の正体を隠す。本能寺から生き延びたとあの時告げていれば、それで良かったはず。

天魔王　そうはいかない。あの時、本能寺を生き延びても、光秀、秀吉、家康が総掛かりで俺を殺しただろう。

極楽　なぜ。

天魔王　織田家の主君、織田信長は死んだ。俺は確かに影武者だ。本物はお前が撃ち殺したんだよ、雑賀のお蘭。

極楽　え。

天魔王　そう。お前が最初に信長を撃った時、確かに信長はよろけた。だが、弾はかすめて奴の身体を傷つけたんだ。その傷が膿み高熱を出し、それから二晩であっけなく死んでしまった。破傷風ってやつだな。

極楽　そんな……。

天魔王　だから俺が入れ替わった。真夜中に亡くなったので知っていたのはほんの僅かの重臣

極楽　達だけだ。それからは俺が信長としてふるまった。二度目にお前が狙撃した時に出会った信長は、まさしく俺だ。お前と相棒の盟約をかわしたのは俺なんだよ。

天魔王　そ、それはおかしい。私はお前に、影武者としてのお前にも会った。信長公と知り合い、彼のために動くようになってから、何度も。

極楽　そうだったな。でも、それは当然だ。影武者がいなくなっては怪しまれるだろう。だから俺は俺の役も演じた。信長と影の男、一人で二役を演じていたんだよ。それが証拠に、信長と影、二人同時に出会ったことはなかっただろう。

天魔王　……それは確かに。

極楽　入れ替わったあと、俺は慎重にふるまった。秘密を知っていた重臣を順番に葬り去り、とうとう俺が影武者だということを知る者は一人もいなくなった。それから二十年は俺が信長だったんだ。

天魔王　でも、だったら本能寺の変は。あれは何だったの。お前が殿を殺すために仕組んだ。私はそう聞いていた。

極楽　気づかれたんだよ、明智光秀に。俺が影武者だと知った光秀は、叛旗を翻した。偽物が主君ぶっているのが我慢できなかったんだろう。秀吉や家康達にも知らせたらしいが、奴らはそれを無視した。主君殺しの罪を光秀に着せた方が、そのあとの天下取りには都合がいい。浪速の猿や駿府の狸はそう考えたんだ。家康はお前を騙して都合よくお前を使っていたのだ。まさか俺を撃たせるとはな。

天魔王　でも、お前も私を騙していた。影武者なのに信長だとたばかった。

天魔王　確かにそうだ。だけど、入れ替わってから二十年、信長としてお前と一緒に天下統一の道を作ったのはこの俺だ。俺こそがお前の知っている信長だ。そこに関しちゃ騙しちゃいない。お前の信長は俺だ。

極楽　……それで、髑髏党を作って何をする。

天魔王　もちろん、天下を俺の手に取り戻す。秀吉の奴めが、俺が作ったものをぬけぬけと横取りした。そのつけは返してもらう。

極楽　そのために関東を血の海にしようと言うの。やっとおさまった戦の火を再び燃やそうと言うの。何の関係もない民百姓を巻き込んで。村や里、田畑。無界の里も。

天魔王　無界の里か。お前、あれを何だと思っている。

極楽　え？

天魔王　入ってこい。

と、奥に声をかける。入ってきたのは夢三郎だった。但し髑髏党の黒甲冑をつけている。

極楽　夢三郎さん……？

夢三郎　それは仮の名。本当の名は伐折羅《ばさら》の夢虎《ゆめとら》。

極楽　じゃあ、あんたも髑髏党……。

天魔王　そうだ。無界の里は俺が作った。

極楽　そんな……。

夢三郎　入れば人に境はなくなる無界の里。境がなくなれば口も軽くなる。人は油断し、言ってはならない秘密も口にする。
天魔王　武士や民草、あらゆる者が出入りする里を作れば、人の噂から諸国の動きを知ることができる。無界こそ俺の目であり耳だ。
夢三郎　無界の里は髑髏党の調略の要《かなめ》。だからこそ、父上は私をあの里の長《おさ》とした。
極楽　父上？
夢三郎　この伐折羅の夢虎こそ、第六天魔王の嫡男。
極楽　お前にこんな子供がいたとは聞いてないが。
天魔王　影武者時代、お前と出会う前の子だ。影が子供を持つことは許されないからな。密かに生ませ密かに育てていた。
夢三郎　髑髏党決起の際に、父上は私を呼び寄せてくれた。天魔王の片腕は他でもない、この夢虎だ。
極楽　みんなは、無界の里のみんなは知ってるの？
夢三郎　知るわけがない。無界の里は自由の里、人に境無しの救いの里。あの者達がそう信じていなければ、客も油断しない。
極楽　そのために騙していたのか。兵庫やおよしや浅黄、無界の人々を！
夢三郎　それがどうした。
極楽　無界の里は自由の里。そう信じて、みんながどれだけの夢を託しているか、わからないあんたじゃないだろう。

天魔王　夢だからこその泡沫《うたかた》だ。お前は、無界の里に安土の町の匂いを感じた。その通りだ。作った人間が同じなのだから。

極楽　（夢三郎を見て）……そこまで聞いてた。

天魔王　もうわかっただろう、お蘭。この関東はすべて俺の手の平の上。

夢三郎　その手の平に秀吉をおびき寄せ、一気に。

と、手の平を握りしめる夢三郎、笑う。

天魔王　もう一度世の中はひっくり返る。そのためにお前の腕が必要なんだ。

極楽　……一服させてもらえる。

天魔王　どうぞどうぞ、好きなだけ。それでお前が落ち着くなら。

極楽、懐から煙管を出す。

天魔王　でもな、いくら煙管をくわえても先に入ってるのが鉛玉じゃ、煙草は吸えない。

極楽　……。

天魔王　まだその仕込み鉄砲、使ってるのか。

と、夢三郎、極楽に飛びかかると、煙管を奪い取る。煙管を握ると弾が出る。極楽の頬をかすめる。

夢三郎　貴様、やはり父上を！

と、極楽の腕を摑んで締め上げる夢三郎。

夢三郎　馬脚を現したな、雑賀のお蘭。

と、天魔王、その夢三郎に近づき殴る。夢三郎、飛ばされる。

天魔王　この女は、お前如きが乱暴に扱っていい女ではない。
夢三郎　なぜですか、この女は父上を狙って。
天魔王　お前に、この女と俺とのことはわからない。余計な手出しはするな！

と、もう一度夢三郎を殴る天魔王。極楽に煙管型の仕込み鉄砲を返す。

天魔王　無粋なガキが入らぬ手出しをした。すまなかったな。
極楽　……いえ。（と、受け取る。表情が硬い）
天魔王　顔が強ばっているぞ、お蘭。そうだ、その仕込み鉄砲のことも知っている。それもお

極楽　前の試しなのだろう。初めて会った時と同じだ。
天魔王　……誰を撃たせたい。
極楽　豊臣秀吉。徳川家康。お前が無駄な戦を避けたいと言うなら、この二人だ。
天魔王　……。（迷っている）
わかった。すぐにとは言わん。少し考える時をやろう。この城で頭を冷やせ。猛突。

猛突現れる。

猛突　は。
天魔王　極楽太夫を控えの間に。
猛突　は。こちらに。

混乱した極楽、今は天魔王の言葉に従う。
猛突に案内されて、天魔の間を出ていく極楽。天魔王と夢三郎が残る。

夢三郎　たかが鉄砲撃ち。なぜあのような女にこだわるのですか。
天魔王　気にいらんか？
夢三郎　え。
天魔王　自分の母親が死んだ時は見向きもしなかった男が、他の女を口説くのを見るのは面白くないか。

夢三郎　いいえ。父上がなさることはすべて面白い。この夢虎など、とても及ばない。

天魔王　当たり前だ。

夢三郎　本来ならば生まれた時に殺されてもおかしくなかった命。それがこうやって父上のお役に立てている。この夢虎にとって、この一時《いっとき》一瞬が宝でございます。

天魔王　ならば、お前は俺をどう楽しませてくれる。

夢三郎　は。

天魔王　無界の里に大物がかかっている。あれをお前ならばどうさばく。

夢三郎　狸穴二郎衛門、いえ徳川家康ですか。一人で関東に乗り込むとは、まったく愚かな所業です。

天魔王　あ奴は時々ああいう無茶をやる。だが、今回はそれが命取りだ。奴め、関東の探索を終えて、無界の里に戻ったぞ。

夢三郎　お任せ下さい。この世は泡沫《うたかた》、滅びこそ夢。第六天関東荒野にふさわしい滅びの宴《うたげ》、お目にかけて見せます。

天魔王　（うなずく）行け。

夢三郎　はい。

夢三郎、歓びに頬を紅潮させて出ていく。
天魔王、それを見送る。

× × × ×

控えの間。極楽がいる。
外を鉄機兵が慌ただしく動いている。夢三郎の出陣準備だ。

極楽　なんの騒ぎ？

と、部屋を出ようとすると、二人ほど控えていた鉄機兵が槍を構えて押しとどめる。

極楽　ふん。体のいい駕籠の鳥か。

と、その鉄機兵達が倒れる。後ろに立っている鉄機兵姿の清十郎。彼が鉄機兵達を倒したのだ。

清十郎　どうも。
極楽　やっぱり現れた。
清十郎　太夫の銃口、どちらに向けるおつもりで。
極楽　おや、盗み聞き。
清十郎　あなたと天魔王の仲がこれほどこじれたものとは思いませんでした。ですが、こちらもお役目ですので。

極楽　……。

清十郎　（懐から絵図面を出す）隙を見て、髑髏城の絵図面も取り戻しました。私はこの城から抜け出す。一緒に逃げるかここにとどまるか。

極楽　残ると言えば貴方に殺される。行くと言えば髑髏党に殺される。困ったものね。

と、そこに天魔王が現れる。

天魔王　困ることはない。

極楽　天魔王。

清十郎　……気づかれてたとは……。

天魔王　人の秘め事を覗き見する奴には天罰が下る。忠告したはずだが。

清十郎　あいにくこっちもこれが生業《なりわい》で。

天魔王　生業か。死ねばそれも無用になる。狸退治の前に鼠も葬ってやろう。

極楽　狸退治？

清十郎　夢三郎が出陣しました。狙いは無界の里の家康公。

極楽　無界の里？　あそこを夢三郎が襲うの？

天魔王　だったら、どうした。

極楽　なぜそんなことを。

天魔王　あ奴が自ら望んだことだ。

極楽　そんな……。（意を決すると、隠し持っていた短筒を出す）夢三郎を呼び戻して。

清十郎　太夫。

極楽　無界の里には手を出させない。それはさすがにやりすぎだ。

天魔王　目先の情に流れるか。お前もしょせんそこまでの女か。

極楽　そこまでじゃない。もとからそういう女なんだよ。頼む、天魔王。私に信じさせたいんなら、それなりのことを見せてくれ。

天魔王、それに応えず刀を抜く。極楽、仕方がないと短筒を撃つ。天魔王の胸に当たる。が、弾は弾かれる。ハッとする極楽。

天魔王　南蛮渡来の胸当てだ。それでもお前は胸を撃った。頭を撃てば、確実に俺をやれたろうに。それがお前の本心だよ。

極楽　言うな！

と、清十郎が剣を構えて二人に割って入る。

清十郎　逃げて下さい、太夫。そして殿と無界に知らせを。（懐から絵図面を出して極楽に渡す）

極楽　でも。

清十郎　殿はあなたを守れと命じた。どんなことがあってもと。そいつは信じてやってくれませんか。

極楽　え。

天魔王　忍びの言うことだ。真に受けるほど馬鹿ではあるまい。

極楽、ちょっと迷うが絵図面を受け取る。

極楽　どうせ馬鹿だよ！

極楽、走り出す。

天魔王　く。

追おうとするが、立ちはだかる清十郎。天魔王と清十郎、二人の戦い。
清十郎善戦するが、天魔王の斬撃に深傷を負う。

天魔王　どけ。

清十郎　ここから先は行かせないよ。

と、焙烙玉《ほうろくだま》を出して自爆する清十郎。

が、天魔王は後方に飛んで、爆発から免れる。

天魔王　ふん。狸の手下の割にはいい覚悟だ。

猛突が現れる。

猛突　天魔王様、ご無事ですか。
天魔王　心配ない。女が逃げた。追うぞ。
猛突　あなた様自らがですか。
天魔王　あれは他にはまかせられん。留守を頼むぞ。
猛突　はは。

去る天魔王。見送る猛突。

――暗　転――

【第八景】

夜。無界の里と髑髏城の間の荒野。
鉄機兵達が走ってくる。
と、そこに現れる兵庫。

兵庫　何を騒いでる、髑髏党。

と、鉄機兵達、立ち止まる。

兵庫　問答無用か。その雰囲気、無界の里を荒らしにでも行くつもりか。どけ！
鉄機兵1　図星のようだな。だったら通すわけにはいかねえぞ。
兵庫　貴様、馬鹿だな。たった一人で我らを相手にしようというのか。
鉄機兵2　馬鹿は承知の荒武者隊だ。二万回のうちの××回（そこにいる髑髏党の人数分の数を言う）、殴らせてもらうぜ。

と、襲いかかろうとする兵庫。
と、その時、旅姿のカンテツが現れる。背に何丁もの銃を背負っている。

カンテツ　いいにおい、いいにおい、どこ？

呆気にとられる髑髏党と兵庫。

カンテツ　おい、お前。いいにおいの沙霧、しらないか。
兵庫　沙霧？
カンテツ　頼まれたものできたぞ、俺が作った。
兵庫　え？

と、カンテツ、髑髏党をにらむ。

カンテツ　（髑髏党を見て）お前達、イヤなにおいがする。
鉄機兵1　なに。
カンテツ　そうか、お前達のイヤなにおいのせいか。そのせいで沙霧のにおいが。お前らのせいで俺は道に迷ったんだ。（怒って）ありがとう！
鉄機兵達　え。あ、おう。（ほめられたのでうなずく）

カンテツ　違う。(言い直す) このやろう!! お前達のイヤなにおい、まるで……、まるで……、

兵庫　まるで (口をパクパクさせると) だっ!! よし、よく言えた、俺。

カンテツ　言えてないよ。たとえが言えないいんなら、持ち出すな!

兵庫　(冷ややかに笑う) お前は何を言っている。もちは出すものじゃない、つくものだ。

鉄機兵2　なんなんだ、お前。

カンテツ　めんどうだ、あいつも一緒に片づけろ。

やめろ。俺、片づけは大嫌いなんだ。

と、背の銃を引き抜く。一瞬身構える髑髏党。が、カンテツ、銃を刀のように持って構える。

兵庫　おい、お前。持ち方が違う。

カンテツ　ん?

襲いかかる髑髏党。カンテツ、銃を刀のようにふるう。ズバズバと斬られていく髑髏党鉄機兵。驚く兵庫と猛突。

兵庫　えええ?

カンテツ　ん。よく研げた。

と、満足げに銃身を見るカンテツ。

兵庫　研いだのか。鉄砲を。
カンテツ　研ぐよ、なんでも。
兵庫　なんか、すげえなあ、お前。
カンテツ　ん。

その時、遠くで爆発音。

兵庫　あれは、無界の里。仕方ねえ。ついてこい、沙霧はあっちだ。
カンテツ　おう！

駆け去る兵庫とカンテツ。

×　×　×　×

その少し前。無界の里。
沙霧を中心に、荒武者隊の若者達と無界の里の人々が協力して里の普請をしている。
それを面白くなさそうに見ているぜん三。

沙霧　大事なのは出入口の強化よ。表門と裏門、内側の鉄板は。
青吉　裏門は終わりました。
白介　表門ももうすぐ。
沙霧　うん。頼んだね。

赤蔵、黒平は木材を運んでいる。

赤蔵　はい、どいたどいた。
黒平　およしさん、これはどっちに。

それを指揮しているおよし。

およし　それは奥に。ああ、ちょっと、そんな所に寝っ転がらないでくれる。

と、寝っ転がっているぜん三が邪魔になる。

ぜん三　へん。
青吉　そういえば太夫どこ行ったんすかねえ。
赤蔵　夢三郎さんも姿が見えないし。

沙霧　そうだね。でも、兵庫さんが見回りに行ってるから。

と、作業を見ていた二郎衛門が声をかける。

二郎衛門　随分と進んだな、沙霧。

沙霧　お陰様で。みんなが手伝ってくれるから。

二郎衛門　確かにな。およし、お前も頑張れよ。

およし　はい、旦那。（と熱っぽい視線を向ける）

二郎衛門、それに応えてうなずく。
そこに浅黄と黄平次達が握り飯を運んでくる。

浅黄　みんな、ご飯だよ。

黄平次　力を込めて握ったから食いでがあるぞ。

「おお」と喜ぶ一同。ぜん三もむくりと起き上がるが、およしと目が合う。にらみつけるおよし。ぜん三、面白くなさそうに再び寝転がる。

およし　これは二郎衛門の旦那の分。（と、とびきり大きい握り飯を取り分ける）

ぜん三を見ている荒武者隊。青吉、意を決してぜん三に近寄り、握り飯を差し出す。

青吉　大兄貴。これ。
ぜん三　大兄貴?
白介　兵庫兄貴の兄貴なら、俺らにとっちゃ大兄貴です。
ぜん三　やめてけろ。おめえら侍がそったら風に持ち上げるからあのひょうろく玉がのぼせ上がるだ。あいつは一度頭に来るとみさけえがねえ。村の娘を乱暴した野武士をぶったぎって、村飛び出たのも、それが原因だ。いい加減にするだ。あいつもおらもただのどん百姓だ。(と握り飯を投げ捨てる)
黒平　関係ねえよ。
ぜん三　へ?
黒平　百姓とか侍とか関係ねえ。弱きを助け強きをくじく。それが関八州荒武者隊だ。……兵庫兄貴の口癖です。
赤蔵　確かにやることたあ無茶苦茶だけど、そこんとこだけは、きっちり筋が通ってる。俺達は、そんな兄貴だからついていってんだ。だから……。
黄平次　だから、連れて帰るなんて言わないで。
青吉　兄貴と俺達はずっと一緒だ。
五人　お願いします。(頭を下げる)

青吉、もう一度握り飯を差し出す。

ぜん三　……。

じっと見つめるぜん三、青吉が差し出した握り飯を押し戻すと歩き出す。不安になる荒武者隊。ぜん三、自分が投げ捨てた握り飯を拾うと、ほこりを払う。

ぜん三　百姓が白いまんまをおろそかにしちゃいけねえな。（と、その握り飯を一口囓り味わう）……よく炊けとる。侍にしちゃ上出来だ。

ホッとする荒武者隊。沙霧やおよし、他の女達も微笑む。二郎衛門も見ている。と、そこに夢三郎が現れる。鎧姿に弓を持っている。

浅黄　夢さん、どこに行ってた。
およし　そうそう。この大変な時に。
夢三郎　そこにいらしたか、狸穴様。
二郎衛門　ん？

夢三郎、躊躇することなく二郎衛門に矢を射かける。二郎衛門の胸に矢が刺さる。

二郎衛門　う！

二郎衛門、自分の座敷に逃げ込む。障子で仕切られて中は見えない。夢三郎、抜刀すると二郎衛門のあとを追う。驚く一同。

およし　何のつもり、夢さん⁉

と、およしがすがる。それを斬る夢三郎。

夢三郎　どけ！

およし、斬られ転がる。悲鳴をあげ逃げ惑う無界の人々。
そこに現れる妙声、水神坊、鉄機兵数名。

水神坊　騒ぐんじゃない。
妙声　痛い目を見るぞ。
沙霧　みんな、逃げて！

と、門が爆破される。逃げようとしていた人々がとどまる。
夢三郎、二郎衛門の座敷に。障子に影が映る。抵抗する二郎衛門にとどめの斬撃。二郎衛門の生首を持って座敷から出てくる。

夢三郎　徳川家康の首、この伐折羅の夢虎が討ち取った‼

と、首を掲げる夢三郎。

水神坊　おお！　お見事ですぞ、夢虎様。

と、倒れていたおよしが必死で起き上がると、夢三郎にすがる。

およし　旦那、二郎衛門の旦那！　夢さん、なんでこんなこと……！

そのおよしに剣を突き刺しとどめをさす夢三郎。断末魔の悲鳴をあげるおよし。

およし　夢さん……。（絶命する）

夢三郎、およしを斬った手応えを噛みしめると、笑い出す。自分の本性に気がついたのだ。嬉々とした表情で周りの人々を斬っていく。
そのさまを見ていた沙霧が叫ぶ。

沙霧　やめろ、夢三郎！

と、そこに天魔王も現れる。天魔の鎧をつけているが仮面はつけていない。

妙声　おお、天魔王様。
天魔王　(辺りを見て極楽がいないのを確認する) ふむ。早く着きすぎたか。
夢三郎　ご覧下さい、父上。この夢虎、みごと徳川家康の首、討ち取りましたぞ！
沙霧　父上？
妙声　その通り。夢虎様こそ、天魔王様の御嫡男。
水神坊　この無界の里も、もともと天魔王様が作ったものだ。
沙霧　天魔王が⁉

驚く無界の人々と荒武者隊。

浅黄　今まで騙してたの、夢さん！　なんでこんなことをするの⁉

天魔王　夢虎、この里をどうする。
夢三郎　無論、根切り、皆殺しです。
浅黄　なんで⁉
夢三郎　髑髏党が色里を作ったことが知られれば、調略に使えない。こ奴らの口を封じ、また一から作り直す。
天魔王　それでいい。
夢三郎　やれ。（と髑髏党に命じる）
浅黄　夢さん、やめて！

と、詰め寄ろうとする浅黄を斬る夢三郎。

沙霧　浅黄さん！
ぜん三　ひいい！

ぜん三も鉄機兵から逃げ惑う。
そのぜん三と沙霧をかばう荒武者隊。

黄平次　早く逃げて。
青吉　ここは俺達が。

ぜん三　なして、なして赤の他人のおらを。
白介　他人じゃねえ。大兄貴だ。
黒平　それに女や力のねえ者を守るのが俺達、侍だ。
赤蔵　こんなところで尻尾まいたら兵庫の兄貴にしかられる。
沙霧　あんた達……。
天魔王　ほほう。傾奇者風情が侍を語るか。面白い。ならば、己らの力見せてみろ。

と、荒武者隊を襲う天魔王。斬撃を受ける荒武者隊。一旦倒れる。

天魔王　ふん。その程度か。
夢三郎　こんな奴ら、父上が斬るのももったいない。口先ばかりのくだらん連中です。

と、荒武者隊、必死に立ち上がる。

青吉　……くだらなかねえ、くだらなかねえぞぉ。
白介　そんな刀より兄貴の拳固の方がよっぽど硬え！
黒平　こんな傷で倒れてちゃ、男の意地は通せねえ！
赤蔵　何度でも俺達は立ち上がる！
黄平次　それが荒武者隊の心意気だ‼

荒武者隊　（ぜん三に）逃げて！

ぜん三、逃げ出す。

夢三郎　最後まで鬱陶しい連中だ。くたばれ。

五人に襲いかかる夢三郎。彼らを一刀のもとに切り捨てる夢三郎。倒れる荒武者隊。

残ったのは沙霧一人。

沙霧　あんた達！（夢三郎に）この人でなし!!

夢三郎　うるさい娘だ。

と、沙霧に斬りかかろうとする夢三郎。

そこに駆け込んでくる兵庫。

兵庫　うおおおお！

大刀で夢三郎の剣を弾く兵庫。

兵庫　何やってんだ、夢三郎！

沙霧を守る兵庫。
その後ろからカンテツもやって来る。

カンテツ　沙霧！
沙霧　カンテツ！
カンテツ　できたぞ、鉄砲。俺が作った。
沙霧　ありがとう。でも、今はそれどころじゃ。
カンテツ　（髑髏党を見て）こいつら、さっきのイヤなにおいの奴ら。沙霧、気をつけろ！

カンテツが沙霧を守る。兵庫は夢三郎に向かっていく。

兵庫　なんなんだよ、こりゃ。なんでてめえが沙霧を斬ろうとしてる。天魔王と一緒になって、この町ぶちこわしてる。気でも狂ったか！
夢三郎　狂う？　違うな。やっと本音で動いてるんだ。
兵庫　なに。
沙霧　兵庫、夢三郎は天魔王の息子だ。この町は天魔王が、髑髏党が作った町だったんだ。
兵庫　（天魔王を見る）貴様が……。

夢三郎　その通りだ。自由と救いの里なんてお題目に騙されて、この色里では腑抜けになる。立派な侍も色香に溺れて秘密をもらす。この里は、そのために父上が作ったものだ。

兵庫　ここは、この無界の里は、弱い者の救いの里じゃなかったのか。

笑い出す天魔王と夢三郎。水神坊と妙声も鉄機兵も笑う。ただ一人だけ、少し離れた所で戦いもせず笑いもせず、様子を見ている鉄機兵がいる。

天魔王　愚かなことだ。弱い者が救われるわけがない。

兵庫　なんだと。

夢三郎　貴様ら如き、天魔王様から見ればただの雑魚。いくら死のうが知ったことではない。

兵庫　夢三郎、貴様。

夢三郎　いや。その雑魚のおかげでこんな大物の首が手に入った。少しは役に立ったな。誇りに思え。

と、二郎衛門の生首を示す夢三郎。

兵庫　それは二郎衛門。

夢三郎　違う、徳川家康だ。

兵庫　家康!?

夢三郎　こ奴の首が取れれば、こんな色里の一つや二つ、滅んだところで安いものだ。

兵庫、ハッとする。荒武者隊が死んでいるのに気がついたのだ。

兵庫　お前達！　（夢三郎をにらみつけ）……てめえ、俺の子分まで斬ったか！

夢三郎　だったらどうした。せいせいしたよ。兄貴だ、仲間だといちいち吠えて。うるさいこ
とこの上なかった。

兵庫　貴様……。義兄弟の契りは忘れたのか！

夢三郎　義兄弟？　武士である俺が貴様のような下賤な者と、本気で契りをかわすとでも思っ
たか。思い上がるな、この百姓風情が！

兵庫　てめえ！

襲いかかる兵庫。夢三郎、応戦する。

兵庫　てめえ、なんで笑ってやがる！

夢三郎　楽しいからだよ。ああ、楽しくて楽しくてたまらない。兵庫、俺はお前達もこの色里
の連中も大っ嫌いだったんだよ！

と、打ちかかる夢三郎。

兵庫　てめえという奴は‼

怒りの兵庫、その剣を大刀で受けて、夢三郎に反撃する。その力は夢三郎にも意外だった。一旦離れる二人。

夢三郎　鉄機兵、この里を爆破しろ！

と、数名の鉄機兵、爆薬を持って門に向かう。と、様子を見ていた一人の鉄機兵が、他の鉄機兵を襲って爆薬を奪うと仮面を脱ぎ捨てる。正体は三五だ。

三五　やめたやめた。
沙霧　三五！
三五　なんかむかつくんだよなあ。夢三郎、なんなんだ、あんたの裏切りは！
夢三郎　なに。
三五　裏切りってのはな、自分の命を守るためのもんだ。見得も体裁もかなぐり捨てて、命惜しさに必死にあがくことだ。それがなんだ。てめえの命は高みにおいて、その偉そうな口ぶりは。てめえの裏切りは、みっともねえよ！
妙声　この雑魚が。

水神坊　言わせておけば。

と、近づこうとする妙声と水神坊に爆薬を構える三五。

三五　おっと、この爆薬が見えないか。ここで一句。近づくな、お前らみんな、吹っ飛ぶぞ。

沙霧　ありがとう、三五。

三五　礼は言うな。また裏切りたくなる。

カンテツ　（爆弾に触れ）研いでいいか。

三五　やめろ。

天魔王　ふん。なかなか面白い連中だ。だが、残るは貴様ら四人。それでどうにかなると思うのか。

彼らを斬ろうとする夢三郎。そこに銃撃。天魔王が夢三郎をかばう。天魔の鎧が銃弾を弾く。銃を構えた極楽太夫が現れる。

極楽　五人だよ！

沙霧　太夫！

夢三郎　貴様！

極楽　ごめんね、遅くなった。
カンテツ　お蘭。（と、挨拶する）
極楽　カンテツ、あんたが来たの。
カンテツ　おう。
天魔王　遅かったな、お蘭。
極楽　……先回りとはね。
天魔王　いくら逃げようとお前の考えなどお見通しだ。

辺りを見て憤る極楽。

極楽　これが、これがあんたのやり方かい、夢三郎。
夢三郎　全ては家康の首を取るためだ。
極楽　馬鹿じゃない。こんなことであの狸が死ぬと思った。（天魔王に）あんたもかい。だったら随分と鈍ったもんだね。
天魔王　手厳しいな。（と、短刀を投げる）その辺で見ておるのだろう、家康殿。そろそろ出てきたらどうだ。

と、短刀が刺さった柱の辺りから二郎衛門が現れる。

二郎衛門　さすがに貴様には通じんか。影の男。
兵庫　二郎衛門！
夢三郎　そんな。（首を見て）……これは影武者か。
二郎衛門　ああ、そうだ。影武者だ。儂のために命を捧げてくれた尊い家臣だよ。影は影らしく生きればいい。分不相応な野心を抱くと身を滅ぼすぞ。
天魔王　それが本音か。
二郎衛門　忠告だ。
天魔王　笑止。滅びるのは貴様が先だ。さあ、お蘭、奴を撃て。
極楽　え。
天魔王　この一発が新たなる始まりだ。俺とお前がもう一度天下をひっくり返す。あの時、武田信玄を撃ったのと同じ一発だ。
沙霧　太夫。
極楽　家康殿。この男が信長だった、それは本当か。
二郎衛門　……お蘭。
極楽　私が会ったのは最初からこの男だった。私が知っている信長公は、この男だった。そうなのか。
二郎衛門　違う、そんなことはない。
極楽　だけど、盟約の傷がこの男にあった。
二郎衛門　なに。

極楽　あの傷が出来た由来もこの男は知っていた。
二郎衛門　影武者として仕えていたのだ。本物の信長公から聞き出したとしても不思議はない。
天魔王　と、こ奴は言う。当然だ。真《まこと》を言うわけがない。お蘭、問答は無駄だ。お前の中で答えは出ているはずだ。

迷っている極楽。と、沙霧が叫ぶ。

沙霧　なに迷ってんの太夫、この町を見て！　このひどい有り様を！　全部こいつらがやったの！　荒武者隊のみんなも、あたしやぜん三さん守って。弱い者守るのが侍だってしっかり戦った。
兵庫　(倒れている荒武者隊を見て）こいつらが……。
沙霧　太夫は違うの？　その銃をあたし達に向けるの!?

意を決する極楽。

極楽　……あんたはやりすぎた、天魔王。

と、天魔王に銃を向ける。

天魔王　……愚かな女だ。

と、極楽に向かおうとする天魔王。

夢三郎　家康、今度こそ！

と、夢三郎は二郎衛門に向かおうとする。
そこに忍びが駆け込んできて、天魔王と夢三郎の剣を弾く。
伊賀忍群の首領、服部半蔵《はっとりはんぞう》だ。

天魔王　ぬう。

半蔵　殿の首、簡単に落ちると思うなよ。

二郎衛門　伊賀の頭領、服部半蔵。この儂の忍び刀だ。

続いて伊賀の忍び達も姿を現し、夢三郎や髑髏党と戦う。鉄機兵が斬り殺される。

天魔王　伏兵か。

二郎衛門　ここで雌雄を決するか、天魔王。

と、天魔王、手を上げると奥から火の手が上がる。隠し持っていた焙烙玉をいくつか周りに投げたのだ。

天魔王　退くぞ、夢三郎。

夢三郎　ですが。

天魔王　家康にも兵がついた。奇襲にはならん。取り囲まれればこちらが不利だ。

夢三郎　……はい。

立ち去ろうとする髑髏党。

極楽　天魔王！

と、銃を撃つが、手甲で弾く天魔王。極楽の銃、弾切れになる。

天魔王　お前の弾は俺には届かない。

そう言うと天魔王も消える。

極楽　く。

緊張が解ける極楽。そばに寄る沙霧。

沙霧　……太夫、ありがとう。

極楽　（かぶりをふり）また、間に合わなかった。本能寺でも、ここでも。

兵庫、息絶えている荒武者隊に近づき、声をかける。

兵庫　青吉、白介、黒平、赤蔵、黄平次。よくやったぞ、お前達。俺はいい子分を持った……。

燃え落ちる無界の里。

三五　まずいな、火が回ってきたぞ。

沙霧　はやく消さないと。カンテツ、手伝って。

カンテツ　お、おう。

三五、沙霧、カンテツ、駆け去る。

兵庫、二郎衛門につかつかと歩み寄ると、摑みかかる。

兵庫　二郎衛門、てめえ、なんでもっと早く来なかった。陰に隠れてみんなを見殺しにした。
二郎衛門　……。
兵庫　てめえら、みんな一緒だ！

と、二郎衛門を殴る兵庫。半蔵、ハッとするが、二郎衛門が制する。
唾を吐き駆け去る兵庫。
残る極楽、懐から金の入った袋を二郎衛門に投げる。

極楽　この仕事はここまでだ。
二郎衛門　なに。
極楽　信用できない相手の仕事はしない。

極楽、踵を返すと去っていく。

半蔵　いかがいたします。
二郎衛門　放っておけ。

二郎衛門、およしのそばに寄る。彼女の目を閉じ腕を組ませると、自分の眼帯をはずして彼女の胸に置く。

二郎衛門　……およし。……成仏しろよ。

両手を合わせて拝む。半蔵が言う。

半蔵　天魔王は追わなくてよいのですか。

二郎衛門　これ以上きゃつらと剣を交えれば、それはすでに戦となる。関白殿下の許しもなく開戦した勇み足と取られかねん。

半蔵　は……。

二郎衛門　大名とは不便なものだな。

半蔵　関白殿下、まもなく駿府に到着されます。

二郎衛門　よし、殿下をお出迎え次第、先駆けで出るぞ。兵の準備おこたるな。

半蔵　では。

二郎衛門　髑髏城責めだ。来い。

足早に立ち去る二郎衛門。
半蔵と伊賀忍群、それに続く。

×　　×　　×　　×

夜が明けて、雨になる。
無界の里は燃え尽き灰と化している。
兵庫、荒武者隊の亡骸に手を合わせ拝む。
極楽、三五、沙霧、カンテツ、荒武者隊や女達の亡骸を片づけていく。
極楽は亡骸が去った方に深く拝む。そのあと立ち去ろうとする。声をかける沙霧。

沙霧　どこ行くの。髑髏城？
極楽　……私はね、八年前の本能寺からすっかり夢をなくしちまった。夢をなくした女はさすらうしかない。ここに来たのも、その夢の残りを求めてだったのかもしれない。
兵庫　極楽……。
極楽　でも、わかった。夢の残りはきっちりけりつけないと、悔いばかりが残ってしまう。
沙霧　……死ぬつもり。
極楽　とんでもない。この戦を止めるつもり。
沙霧　え。

極楽、絵図面を出す。

極楽　髑髏城の火薬庫を爆破する。城をなくした髑髏党じゃ戦はできない。豊臣軍に降伏するしかなくなる。

沙霧　天魔王は。
極楽　城からあぶり出してけりはつける。カンテツ、頼んだ銃は？
カンテツ　おう。出来たぞ、撃鎧銃。（銃を出す）連発式の特別製だ。
極楽　ありがとう。（と、受け取る）
カンテツ　これが弾だ。南蛮鋼を研いだ、矢尻みたいトッキントッキンに。なんでも撃ち抜くぞ。
極楽　（銃を確認する）うん、注文通り。さすが贋鉄斎。
カンテツ　違う、俺の仕事だ。師匠は死んだ。
極楽　え。……まさか髑髏党の手にかかって。
カンテツ　うん。
極楽　そうか。髑髏党め、そこまで……。

違う違うと首をふっている沙霧。

極楽　（沙霧の仕草に気づき）はい？（と、訝しむ）

と、兵庫が声をかける。

兵庫　全部一人で背負い込むつもりか。
極楽　二郎衛門、……家康を無界の里に呼び寄せたのは私。私がやるのは当然だ。それにあの城に心残りもあるしね。

兵庫　だったら俺も行く。

極楽　兵庫。

兵庫　言ったはずだ。関東の筋を通すのは、俺達、関八州荒武者隊だ。おめえが戦を止めるつもりなら、それを助けるのは俺の仕事だ。

三五　豊臣の軍も間近に来ている。今、髑髏城に行くのは死ににいくようなもんだぞ。

兵庫　けっ、そんなことは承知の上だ。どうせ人間一度は死ぬんだ。死に場所くらいてめえで決めらあ。（置いてあった大刀を掴み）人を斬るのは一度でたくさんだと思ってたが……。うおおおお！（大刀を引き抜く。赤錆だらけ）刀鍛冶、こいつを研ぎ直してくれ。

カンテツ　（玄翁《げんのう》で兵庫を殴る）刀鍛冶じゃない。鉄砲鍛冶だ。

兵庫　そうなの？

カンテツ　（刀を見て）うおおおお。これは、これは！

沙霧　どうしたの。

カンテツ　真っ赤だ。こんなひどい刀見たの初めてだ。これは研ぎ甲斐がある。よおし、研ぐぞう。

兵庫　ほんとに鉄砲鍛冶かよ。

呆れる兵庫。と、沙霧が極楽に言う。

沙霧　道案内はあたしがする。
極楽　大丈夫。絵図面がある。わざわざ危ない目に合うことはない。
沙霧　絵図面はほんの一部だよ。髑髏城の全ての秘密はここにある。（と頭を指す）
一同　は？
沙霧　……あたしが赤針斎だ。熊木衆の長《おさ》はあたしなんだ。おじいはその影武者。みんな、あたしを守るために犠牲になった。……これ以上、誰かを犠牲にして生きるのはいやだ。
極楽　……沙霧。
沙霧　火薬庫を爆破しても髑髏城は落ちない。城を支える肝の場所がいくつかある。それを爆破すればいい。あたしならその場所がわかる。
カンテツ　俺も行くぞ。その鉄砲、調整できるのは、俺だけだ。
三五　殴り込みなら、人手が足りないんじゃないか。
兵庫　三五。
三五　あまり信用して貰わない方がいい。俺も自分がなんでこんなこと言ってるのか、よくわからない。
沙霧　……生き残りたいなら必死であがけ。あんたの血がきっとそう言ってんだよ。
三五　……そうかもな。
極楽　……ありがとう、みんな。

兵庫　おう。（天を見つめ）……天魔王め、てめえが雑魚だと思ってる連中の力、みせてやろうじゃねえか。

駆け去る一同。

と、その後ろ姿を見つめるぜん三。

手に持つ鎌を見つめ、何かを決意すると、彼らのあとに続く。

――暗　転――

【第九景】

髑髏城内。見回りをしている鉄機兵。
それをやりすごす極楽、沙霧、兵庫、カンテツ、三五。
火薬庫に着く。それぞれ爆薬を手に取る。
それぞれに絵図面の写しを渡すと、一同に指示する沙霧。

沙霧　こことこことここ、城の急所に印をつけた。そこに爆薬を仕掛ければ髑髏党には気づかれない。みんなバラバラに散って爆薬を仕掛けて。

一同に、渦巻いた縄を缶に入れたものを渡す極楽。

極楽　時火縄《ときひなわ》よ。この缶の中にきつく編んだ縄が入ってる。これを爆薬につなげて火をつければ、半時で点火する。
三五　それが逃げ出す時間ってわけか。
沙霧　髑髏党の気を反らすために、あたしが火薬庫に火をつける。その混乱にまぎれて動いて。(絵図面を指して) 逃げ道はここ。抜け穴に入るこの場所で集合ね。

兵庫　わかった。
極楽　じゃあみんな、お願い。
一同うなずくとそれぞれ駆け去る。
×　×　×　×
回廊を走る三五。
三五　（絵図面を見ると）もうすぐだな。
そこに妙声と鉄機兵が現れる。
三五　しまった。
妙声　……貴様、裏切り者の鉄機兵。
三五　小田切三五だよ。
妙声　この髑髏城に何しに来た。ふん、そうか、無界の里の仕返しにでも来たか。が、飛んで火に入る夏の虫。ここで返り討ちにしてくれるわ。
妙声、剣を構える。と、三五が刀を構える。

三五　そうはいかない。俺は裏切ってばかりで戦ったことがないので、自分でも己の力がどれくらいかよくわからない。手加減などという小技は使えんぞ。心してかかってこい。

妙声に言うと刀を抜く。結構強そう。

妙声　偉そうな能書きを。やれ。

と、鉄機兵が襲いかかる。と三五、抜いた刀の束を相手に向ける。と、束から発砲。銃撃を受け、鉄機兵が倒れる。

妙声　え。
三五　誰も刀で戦うとは言ってない。刀に見えるが実は鉄砲なのだ。
妙声　卑怯なり。
三五　勝てばいいんだよ。死ね。（が、弾は出ない。弾切れだ）あ。
妙声　馬鹿め。弾切れだ。

襲いかかろうとする妙声。

三五　馬鹿はそっちだ。（と、隠していた短筒を出して構える）ここで一句。やせ三五、負けるな短筒、ここにあり。

妙声　ぬぬぬぬ。（と、ひるみかけるが思い切って剣をふるう）やあ！

と、その剣は三五の短筒に当たる。

三五　あ。（と、短筒を落とす）

妙声　（すばやく短筒を拾うと）ふははは。形勢逆転のようだね。（と、三五に向ける）

三五　あー、もー、うかつな俺。

妙声　死ね！（と、引き金を引いた途端叫ぶ）あいた！

指を押さえる妙声、短筒を落とす。

その隙に妙声を斬る三五。束は銃だが刀身は、刀になっているのだ。

妙声　な、なぜ引き金が刃物に……。

と、突然カンテツが現れて胸を張る。

カンテツ　俺が研いだ。

妙声　誰？

三五　くたばれ！

三五、妙声にとどめの斬撃。

妙声　ぐわ！（カンテツに）誰？

妙声、消える。

妙声が落とした短筒を拾うカンテツ。

カンテツ　（引き金を見て）うん、よく研げてる。

三五　なんで、引き金なんて研ぐんだよ。あやうく指が落ちるとこだったじゃないか。

カンテツ　うかつな三五でよかったな。

三五　嬉しくないよ。なんでここにいるんだ。

カンテツ　迷った。

三五　ああもう。ついてこい、ほら。

カンテツ　おう。

駆け去る二人。

×　　×　　×　　×

爆発音。水神坊と鉄機兵があわてている。

水神坊　どうした。
鉄機兵1　火薬庫が爆発を。
水神坊　どういうことだ。

と、兵庫が出てくる。敵とはち合わせしたので焦る。

兵庫　しまった。
水神坊　貴様、田舎武者。
兵庫　どうもこそこそするのは苦手だ。
水神坊　この髑髏城までやって来るとはな。
兵庫　ちょうどいい。夢三郎はどこだ。
水神坊　夢虎様に何の用だ。いまさら繰り言でも言いに来たか。無駄なことだ。貴様はここで死ぬのだからな。

と、得物を構える水神坊。

兵庫　ふん。そう簡単にやられるつもりはねえ。こっちにもひけねえ意地があるからな。今こそ見せてやるぜ、荒武者電光剣！

と、大刀を引き抜く兵庫。だが、その刀身はない。

兵庫　あれ。
水神坊　ないじゃないか。
兵庫　研ぎすぎだぞ、カンテツ。
水神坊　それでどうやって戦う。
兵庫　馬鹿め。これはなあ、馬鹿には見えない魔法の刀なんだよ！
水神坊　え。（と一瞬信じかけるが）だまされるか、馬鹿が！

水神坊に殴り飛ばされる兵庫。

兵庫　くそう。
水神坊　どうした、田舎武者。口だけは達者だったが、それもここまでだ！

打ちかかる水神坊。
と、そこにぜん三が飛び込んでくる。両手に鎌。素早い動きで兵庫を守る。

水神坊　なんだ⁉
兵庫　あにさ！
ぜん三　鎌使いなら、村一番だに！

鎌をふるうぜん三。その動き、早い。

水神坊　くそ。
ぜん三　ひょう六！

兵庫に二本、鎌を投げる。

兵庫　（拾い）これは、おらの鎌！
ぜん三　かっこつけてないでそれを使うだに！　鎌はおら達の魂だに‼
兵庫　わかった、あにさ！

二人で戦うが、水神坊にはかなわない。

ぜん三　ぬぬう。
水神坊　ふははは。見たか、水神坊の鍛え上げたこの筋肉。貴様ら如きにやられはしない。

ぜん三　こうなれば！

と、ぜん三が鎌を投げる。一旦かわす水神坊。と、ブーメランのように鎌は戻り水神坊に当たる。（戦う最中に三人はスクリーン前に移動。ぜん三が投げる鎌は映像で表現される）

水神坊　なに!?
ぜん三　見たか。必殺戻り鎌！　ひょう六、おめさも！
兵庫　おう！

と、二人で戻り鎌を投げる。鎌はどんどん増える。

水神坊　な、なんだ、これは。
ぜん三　この鎌はただの鎌でねえ。おらのご先祖様様が代々使ってきた家宝の鎌だに！　少ない人数で一気にたくさんの稲を刈る。そのために編み出された必殺技だに！
兵庫　何百何千人もの百姓の魂の血と汗と涙が込められた戻り鎌の力、思い知れ！

と、無数の戻り鎌の攻撃にボロボロになる水神坊。

兵庫　行くぜ、必殺！
ぜん三　戻り鎌！
二人　豊年満作剣！

二人、水神坊にとどめの斬撃。

水神坊　……ば、ばかな。こんな奴らにこの俺が。
兵庫　覚えとけ。悪い稲を根こそぎ刈る。それが正義の百姓魂だ。

倒れる水神坊。

兵庫　よし、行くぜ、あにさ。
ぜん三　おう。

駆け去る二人。

×　×　×　×

天魔の間。天魔王がいる。
入ってくる夢三郎。

夢三郎　父上。物見の兵より急報が入りました。豊臣の軍二十万が品川の砦を落としてこの髑髏城目がけて進軍しています。先鋒は家康の兵かと。

天魔王　来たか。よし、この髑髏城を要にして兵を出すぞ。

その時、城が揺れる。

天魔王　どうした。

一人の鉄機兵が駆け込んでくる。

鉄機兵　火薬庫が、火薬庫が燃えております。

夢三郎　なに。

鉄機兵　何者かがこの城に潜り込んだようです。

夢三郎　至急、正体をつきとめろ。

鉄機兵　は。（と、立ち去る）

夢三郎　徳川の間者でしょうか。

笑い出す天魔王。

天魔王　違うな、夢虎。これはあの女だ。
夢三郎　あの女。極楽ですか。

もう一度、城が揺れる。

天魔王　……そうか、熊木の娘もいたな……。

目を閉じ思索する天魔王。

夢三郎　……父上。
天魔王　夢虎、覚悟しろ。この城で戦うはかなわぬことになる。
夢三郎　そんな。（行こうとする）
天魔王　よせ、もう間に合わん。……あなどったな。これは俺の失策だ。少しばかり昔にこだわったばかりに、こんなことになるとはな。まあいい。ならば、次の手を打つだけのことだ。夢虎、この失態、おぎなってくれるか。
夢三郎　喜んで。
天魔王　頼むぞ。存分に戦え。
夢三郎　は。

二人、闇に消える。

× × × ×

火薬庫爆破でうろたえて右往左往している鉄機兵達。

その鉄機兵をやりすごして、現れる沙霧。

沙霧　騒げ騒げ。この城はおしまいだ。

と、彼女の前に立つ猛突と鉄機兵。

猛突　おしまいなのはお前の方だな、熊木の女。

沙霧　しまった。

猛突　やれ！

沙霧に襲いかかる鉄機兵。と、そこに傷だらけの清十郎が現れ鉄機兵と戦う。

沙霧　清十郎さん。

清十郎　なんでここにいる、沙霧。

猛突　貴様、まだ生きていたか。

清十郎　しつこいのが取り柄でね。

猛突　大方、身を隠して傷を癒してから逃げるつもりだったのだろう。だが、のこのこ姿を現したのが運の尽きだ。その傷で、この数の鉄機兵の相手ができるかな。

再び襲いかかる鉄機兵と猛突。応戦するが手傷を負っている上に、沙霧をかばいながらの戦い。清十郎と沙霧、追い込まれる。

猛突　ふははは。それそれどうした。戦え髑髏党、強いぞ髑髏党。

歌いながら襲いかかる猛突。そこに銃声。
猛突の刀が砕かれる。

猛突　え。

銃を構えた極楽が現れる。

猛突　おのれ！

極楽に気を取られた隙に猛突と鉄機兵に襲いかかる清十郎。彼らを倒す。

猛突　ざ、残念無念なりー。

と、朗々と歌い上げる猛突。

極楽　しつこい。

と、銃を撃つ。消える猛突。
膝を突く清十郎。ほっとする沙霧。

極楽　よかった。あんたが簡単にくたばるわけがないと思ってたよ。
清十郎　迎えにきてくれたんですか。
極楽　家康に借りを作るのはいやだったからね。あんたをちゃんと殿のもとに返す。
清十郎　……まいったな。
沙霧　さすが太夫だね。
極楽　この城は崩れるよ。一緒に来て。

清十郎を連れて逃げる極楽。続く沙霧。

×　×　×　×

燃える髑髏城の広間。

そこに集まってくる兵庫、ぜん三、三五、カンテツ。

兵庫　みんな無事か？　太夫は？

と、極楽と沙霧が清十郎を連れて現れる。

極楽　ごめんね、遅くなった。
兵庫　よかった。一人で天魔王を追っていったかと思ったぜ。
極楽　そうしたいのはやまやまだったけどね。それじゃ、あんたらに義理が立たない。

と、そこに天魔の鎧をつけた夢三郎が現れる。仮面はつけていない。

兵庫　夢三郎！
夢三郎　見つけたぞ、雑魚ども。
沙霧　兵庫、あれ、天魔の鎧だ。
夢三郎　その通り。父上が私に託してくれたのだ、この天魔の鎧をな。髑髏党に仇なす輩を打ち払えと。
兵庫　まったくてめえはどこまで。
夢三郎　貴様ら如きウジ虫が天魔の野望を阻むなど、そんなこと絶対に許さない。

仮面をつけると打ちかかる夢三郎。兵庫とぜん三が受けて立つ。二人の攻撃を鎧で弾く夢三郎。

夢三郎　はん。そんなものでこの天魔の鎧を倒せるものか！

と、兵庫達を薙ぎ払う夢三郎。

兵庫　くそう！
極楽　カンテツ、撃鎧銃を。
カンテツ　おう。調整カンペキ。よく研げてるぞ。

極楽に渡そうとするカンテツ。
が、その言葉にピンとくる極楽。

極楽　あんた、まさか引き金研いでないでしょうね。
カンテツ　おう。トッキントッキンだ。
極楽　何やってるの、こんな時に。
夢三郎　貴様のせいで、父上の夢が。死ね！

と極楽に襲いかかる夢三郎。清十郎が剣で受ける。

清十郎　下がって、太夫。

極楽　ああ。もう。

と、持っていた銃を構える。

夢三郎　愚かな。普通の銃が天魔の鎧に効くか。

極楽　足止めくらいにはなる！

極楽、銃を撃つ。と、夢三郎の鎧を弾が貫く。仮面が落ちる。怪訝そうな夢三郎。深手を負っている。極楽も驚く。

夢三郎　な、なぜ。

極楽　（思い当たり）……偽物だったんだよ、夢三郎。その天魔の鎧は。

兵庫　そんな。

と、笑い出す夢三郎。

夢三郎　この天魔の鎧が偽物とはな。さすが父上だ。
兵庫　何言ってんだ。お前は騙されてたんだぞ。
夢三郎　それでいい。実の息子を騙して囮にして、己の本懐を遂げる。それでこそ天魔王、それでこそ、信長として騙し続けた男だ。
兵庫　何言ってんだ、夢三郎。
夢三郎　夢三郎ではない、伐折羅の夢虎だ。貴様らだけは生かして帰さん。天魔王の息子の誇りにかけてな！

襲いかかる夢三郎。

兵庫　馬鹿野郎！

と、兵庫と夢三郎の戦い。

沙霧　兵庫！

と、ぜん三が沙霧を止める。

ぜん三　手を出さんでええ。あれは奴のけじめだに。

極楽　……そうだね。（と、うなずく）

兵庫　なにが天魔王の息子だ。偽物の鎧つけて、誰かの名前にすがって、みっともねえ。俺には若衆太夫の夢三郎の方が、よっぽど凛々しくて格好良く見えたぜ。

夢三郎　下らんことを言うな。無界の里にいる間、身を捨てて心を閉じて生きてきた。全ては天魔王の悲願のため。この姿こそ本来の姿、この剣が私の誇り。百姓風情に何がわかる‼

鎌を弾き飛ばされる兵庫。

夢三郎　武士をなめるな、この虫けらが‼

と剣を振り下ろそうとした時、城が爆発。
その振動でよろける夢三郎。

夢三郎　ぬう！

その隙に夢三郎の剣を素手で摑む兵庫。

兵庫　これがお前の誇りか⁉　ふざけるな‼

と、その刀を叩き折る兵庫。

夢三郎　貴様！

もう一度爆発。髑髏城が揺れる。

夢三郎　これは……。
極楽　髑髏城の急所に爆薬を仕掛けた。ここにいるみんながね。この城は落ちる。
兵庫　てめえが天の背中を追っかけてるうちに、俺達虫けらが足下をすくったんだよ。
夢三郎　おのれ……。極楽、貴様だけは‼

と、夢三郎、折れた刀の先を摑むと、極楽に襲いかかろうとする。

兵庫　やめろ‼

兵庫、落ちていた鎌を拾うと夢三郎に襲いかかる。兵庫の鎌で深手を負う夢三郎。

夢三郎　く。

兵庫　侍がそんなに偉いのか。目を覚ませ、夢三郎。

夢三郎　黙れ黙れ！　百姓如きが偉そうに！

と、つけていた鎧を引き剝がすと、持っていた刀の先を自分の腹に突き立てる。

兵庫　夢三郎！

夢三郎　……夢虎だ。……天魔王が一子、夢虎。……父上。

膝をつき、腹をかっさばいて倒れる夢三郎。

切腹だ。呆然と彼を見る兵庫。

兵庫　……自分の夢に自分が食われてどうする。……ばかやろうが。

一同も目を伏せる。

極楽　……天魔王。ここまでして何がしたい……。

と、鉄機兵達がわらわらと現れる。炎に包まれる髑髏城。

三五　まずいぞ、囲まれちまった。
兵庫　極楽、お前は天魔王を追え。
極楽　え。
兵庫　ここは俺達が切り開く。奴とのけりをつけてくれ、頼む。
清十郎　私もまだやれますよ。
ぜん三　しかしなあ。これだけの数、鎌も鈍るぞ。
カンテツ　大丈夫。俺が研ぐ。
極楽　カンテツ。
カンテツ　斬る度に研ぐ。研げばまた斬れる。斬ったらまた研ぐ。いくらでも斬れる。
兵庫　それがいい。お前らしいぜ、カンテツ。
三五　やるしかないか。
沙霧　あたしが案内するよ。一番の近道を。
極楽　わかった。あんたらの気持ち無駄にはしない。行こう！

極楽は片手に短筒、片手に刀。他の者はそれぞれの得物を持って、無数の鉄機兵に向かっていく。カンテツは仲間達の得物を研いでいく。
極楽は先に消える。残りの六人、城を抜けて荒野に出ながら戦いは続く。

——暗　転——

【第十景】

天正十八年四月二十二日、髑髏城近く。

雨上がりの草むら。

徳川家康が陣を敷いている。狸穴二郎衛門と名乗っていた時とは違い、眼帯は取り、鎧に身を包んだ戦装束。その横に服部半蔵。こちらも同様に戦装束。

と、物見の兵が駆け込んでくる。

物見　殿ー！　殿ー‼　髑髏城が、髑髏城が！
半蔵　どうした。
物見　髑髏城が燃え落ちております。
家康　なに。
物見　不審な爆発が続き、その後火が回ったようで。
半蔵　天魔王め、かなわぬとわかり自害したか。
家康　だと、いいが。

と、そこに現れる天魔の鎧と仮面をつけた天魔王。

半蔵　き、貴様は。

天魔王　天魔の御霊、天魔王。

その手に家康の影武者の生首。

天魔王　随分と影武者を用意しているな。用心深いお前らしい。が、あとはない。もうお前だけだ、家康。

半蔵　ええい、かかれ、かかれ。

と、徳川兵が襲いかかる。が、鉄砲も剣も天魔の鎧が弾き返す。

天魔王　無駄なことだ。この天魔の鎧、だれにも阻むことは出来ない。

徳川兵を叩き斬る天魔王。

半蔵　おのれ。

と、半蔵も襲いかかるが天魔王、これを斬る。

かろうじて致命傷に至らなかったが動けない半蔵。

半蔵　と、殿……。

天魔王　徳川家康、御首頂戴。

家康に襲いかかる。家康、刀を抜いて応戦するがおされる。

家康の刀を打ち飛ばす天魔王。

天魔王　お前の次は秀吉だ。天下を目前にして掴み損なう思い、存分に味わえ！

と、刀を振り上げた瞬間、銃声。天魔王の兜が砕ける。仮面が落ち、素顔になる。

天魔王　なに。

天魔王が振り向くと、そこに撃鎧銃を持った極楽太夫が立っている。

天魔王　お蘭か……。

極楽　動くな天魔王。この銃なら天魔の鎧も貫ける。

天魔王　貴様……。

極楽　その男の首を取って何になる。秀吉の首を取って何になる。もうやめろ。こんなやり方で、世を動かせると思うか。

天魔王　世を動かす？　ああ、そうだ。髑髏党二万人で大いくさを仕掛ける。己の力を世に知らしめる。そんなくだらぬ欲にこだわったから、余計な時がかかってしまった。俺は、俺を闇に葬ろうとした奴らを俺の手で闇に送ってやる。

極楽　それが本音か。

天魔王　そうしたのはお前だ。お前が俺のために動いてくれれば、こんなことにはならなかった。

極楽　……そんなに、そんなに私が欲しいのか。

天魔王　……。

極楽　だったら抱きしめてくれ。昔のように。

天魔王　……お蘭。

極楽　私の信長を思い出させてくれ……。

天魔王、ゆっくりと極楽に近づく。極楽、天魔王に身を委ねる。その肩を抱くと極楽の唇に唇を重ねる天魔王。二人離れる。

極楽、天魔王を見つめる。その目に絶望。

極楽　……殿は、……信長公は、一度も私には触れなかった。男と女ではない。俺達は相棒だ。最後までそう言っていた。お前が言ったことは全部でたらめだ。私を味方につけるための。……お前は私の信長じゃない。

天魔王　貴様！

極楽　お前が殿を殺したんだ。本能寺で。

極楽、撃鎧銃を連射。天魔の鎧を弾が貫いていく。よろける天魔王。

天魔王　まいったな。最後の最後で手を誤ったか……。

極楽　それでも送ってやるよ。地獄に落ちた男を極楽にね。

とどめの一撃。倒れる天魔王。
放心状態の極楽。
様子を見ていた家康と半蔵。家康が声をかける。

家康　よくやった、お蘭。

極楽　あんたが欲しがってた天魔王の首だ。持っていきな！　但し。

家康　但し？

極楽　この首で、この戦、必ずおさめておくれ。この関東に無用な血を流さない。この地に生きる人達を戦の炎に巻き込まない。もし、それを破った時は、今度はあんたの頭が砕ける番だ。

半蔵　貴様、殿になんということを。

家康　よせ、半蔵。（極楽に）心しておこう。

うなずく極楽。

家康　お蘭、関東は儂がもらうぞ。浪速の猿は、信長公の亡霊にとりつかれておる。じきに豊臣も滅ぶ。いずれ、この関東が、京を、大坂を、日の本を呑み喰らってやる。ここに眠る魔王の魂を封じるにはそれしかあるまい。

極楽　……勝手にするがいいさ。

家康　お前はどうする。

極楽　さてね。しょせん歩むは修羅の道さ。

と、歩み去る極楽。

家康達の姿は消えていく。

進む極楽。やがて無界屋や髑髏城などが走馬燈のように彼女の後ろを流れていく。それは関東での彼女の思い出か。

と、関東を去ろうとした彼女の前に立つ者達がいる。沙霧、兵庫、三五、カンテツ、ぜん三である。

沙霧　どこいくんだよ、太夫。
極楽　あんた達。
兵庫　挨拶もなしに消えるってのは、ちっとばっかし冷てえんじゃねえか。
極楽　……それは。
兵庫　なんかこの世のすべてがヤになったみてえなツラしてるなあ。せっかくのいい女がいけねえぜ。
極楽　……。
沙霧　太夫、あたし達、もう一度無界の里を作るよ。今度こそは本当に自由な救いの里をあたし達の手で。
極楽　え。
沙霧　髑髏城なんか目じゃない、あたし達の城を。熊木の知恵の全てを使って。
極楽　でも、関東は家康の国になる。
兵庫　徳川家康上等じゃねえか。関東の流儀、俺達が思い知らせてやる。
三五　人の心の裏の裏まで知り尽くしたこの小田切三五様だ。武張った侍達の裏をかくなんざ、わけはねえ。
ぜん三　おら、無界の里に米を届けるだ。飯の旨さで人が寄ってくるようなうめえ米をな。
カンテツ　俺は研ぐぞ、なんか、なんでも。
極楽　あんた達……。

兵庫　でもな、肝心の太夫がいねえ。関東一、いや日の本一の大向こうを張れる、綺麗で気っ風がいい大太夫が。どうだ、俺達と一緒にやっちゃくれねえか。
沙霧　お願い、太夫。
極楽　でも、私は。
兵庫　夢をなくしたんなら、そんな夢忘れちまえ。みんな捨てちまって、一からやり直せばいいじゃねえか。一度死んだ気になってやりゃあ、なんでも出来る。
極楽　それは……。
沙霧　ここにいるみんなだって、逃れられない昔はある。でもだからこそ、一時《いっとき》でもそんな昔が忘れられる救いの里が作れる。あたしはそう思う。
カンテツ　俺はない。昔はない。俺の心はいつでもピカピカだ。よく研いでるからな。
極楽　……私の心も研げるかな。
カンテツ　おう。まかせとけ。錆びも汚れも全部落としてピカピカのトッキントッキンにしてやるぞ。
極楽　かなわないねえ、あんた達には。

と、笑顔を見せる極楽。
その時一陣の風が、彼らの間を駆け抜けていく。その風を感じて顔を上げる極楽。

極楽　ああ、いい風だねえ。これが関東の風か……。

と、空を見上げ思いを馳せる。その後、一同を見る極楽。その目に決意の輝き。

極楽　わかった。やろう。過去も縁《えにし》も越えて、死んでいった者達の無念も生きていく連中の願いも全部ひっくるめて、人に境無しの救いの里、この関東荒野に作ってやろうじゃない。

と、そこに現れる清十郎。

清十郎　だったら金がいるでしょう。

と、金袋を出す。

極楽　この金は。家康かい。
清十郎　仕事は仕事だと。太夫、私にも手伝わせてもらえませんか。
極楽　またお目付？
清十郎　とんでもない。忍びは綺麗に抜けてきました。ただ、太夫のお力になりたい。そう思ってます。
極楽　清十郎さん……。

兵庫　こいつ、家康の忍びだったんだろう。信用するのか。
極楽　あら、昔は忘れて全部捨てろ。そういったのは兵庫の旦那じゃなかったかい。
兵庫　そりゃまあ。
極楽　誰から貰おうと金は金だ。有難く頂戴するよ。但し、人を騙そうなんて料簡だったら遠慮なくその頭撃ち抜くから。
清十郎　覚悟してますよ。

一同を見る極楽。

極楽　ありがとう、みんな。危うく昔の縁《えにし》にがんじがらめに縛られて、先を見失っちまうところだった。あんた達のおかげで全部捨てて一からやり直せる。
沙霧　この七人で。
極楽　そう、この七人で。
兵庫　全部捨てて。
極楽　ああ、そうさ。浮世の義理も昔の縁も三途の川に捨之介。ここからが始まりだよ！

言い放つ極楽太夫。
関東荒野にすっくと立つ七人。その姿がシルエットになる。
その背後に『髑髏城の七人』のタイトルが浮かぶ。

〈修羅天魔　―髑髏城の七人　極―〉　―終―

あとがき

『髑髏城の七人』ロングラン花鳥風月極五シーズン、いよいよラストの『修羅天魔』である。一年三ヶ月にわたって上演されてきたこの公演も本当に終わりを迎える。

ようやくここまできたという感はある。

どうやってこの作品が出来ていったかを語りたいと思うので、ネタバレが嫌いな方は、ここから先は本文を読んでから目を通していただきたい。

ロングラストの『Season 極』が天海祐希さんと古田新太の二枚看板でいくことは、かなり初期から決まっていた。（企画スタート時はまだ『修羅天魔』のタイトルは決まっていなかった。『Season 極』も当初は暫定的な呼び方だったはずだ）

古田には天魔王をやってもらう。彼と対立する主人公のポジションが天海さんになる。目の前の花鳥風月も考えなければいけないが、それと並行してラストの『Season 極』も考えなければならない。

花鳥風月極のキャスティングは大仕事だった。五本の形が同時に見えなければ、各作品の色づけも難しい。各 Season を同時進行で決めていかなければならなかったのだ。細川・柴原両プロデューサーがこれまでのキャリアで培ってきた人脈をフルに使って決めていった。その苦労は大変なものだったろう。

だから実は『Season 極』も、見切り発車で、兵庫や沙霧、三五など他のキャラクターは出るだろうということでオファーしていたのだ。

ある程度既存キャラがいる中で、天海さんの役柄を決めなければならない。

女性版捨之介でいくのか、蘭兵衛的な位置づけなのか、極楽太夫なのか。

ただ、さすがにこれまでの捨之介のように過酷な殺陣を天海さんにやらせるわけにはいかない。しかし『髑髏城』は活劇だ。いくら変えるとしても、主役が関東髑髏党の党首である天魔王と対決する構図は動かせない。

〝名もなき七人が、とてもかないそうもないほどに圧倒的な暴力をふるう相手に一矢報いる〟というのが『髑髏城の七人』という作品の肝だ。ここを変えると『髑髏城』ではなくなってしまう。

そこで、極楽太夫が雑賀衆の生き残りだったという設定を生かそうと思った。

信長に協力していた雑賀の凄腕の鉄砲使い、雑賀のお蘭。

鉄砲使いならいっそのことスナイパーという設定にしたらどうだろう。本能寺の変から八年、信長の仇である天魔王をつけ狙う暗殺者。

だったら、誰かに依頼された方がいい。徳川家康はどうだ。普段は渡り遊女の極楽太夫として諸国を転々としているお蘭は、狸穴二郎衛門と名を騙り関東に単独潜入した徳川家康に天魔王暗殺の依頼を受ける。落ち合う場所は、関東一の色里、無界の里。そこならば客と遊女として会えば、怪しまれることはない。

天海さんの設定が決まると、物語の導入のイメージがスルスルと出てきた。これならいける。手応えを感じた。

関八州荒武者隊の頭目の兵庫や、熊木衆の沙霧、水呑み百姓だけど実は…というぜん三、呼吸するように裏切る三五などは、これまでと同じ設定だが、主役が変われば関係性が変わる。新しいドラマが作れる。福士誠治くん、清水くるみさん、梶原善ちゃん、河野まさととくれば、キャラのイメージにぶれはない。

三宅弘城くんに二〇〇四年の『アオドクロ』で演じて貰ったカンテツという役には愛着があった。今回出てもらえるのならもう一度あの役をやってもらいたい。だが、主役を鉄砲使いにしたら刀鍛冶ではなく鉄砲鍛冶にせざるを得ない。どうする。そうだ、〝度が過ぎるくらい研ぐのが好きな鉄砲鍛冶〟にすればいい。研ぐのが好き。だから何でも研ぐ。鉄砲も研いで刀にする。ナンセンスな設定だが、三宅くんならうまくやってくれるだろう。『アオドクロ』よりもさらに行きすぎ度がパワーアップした、二一世紀のカンテツが誕生するぞ。

まだ物語の詳細を決めていない時に、キャストのバランスを見ていて、なんとなく若い男の役者を一人入れておいた方がいい気がしていた。

竜星涼くんに決まったところで、だったら悪役の方が面白いなと思った。若衆太夫というイメージが浮かび夢三郎の設定が出来ると、役割がどんどん膨らんでかなり大きな役になってしまった。新感線初参加で舞台経験も少ない彼には大変だとは思うがなってしまったものは仕方ない。頼むぜ、キョウリュウレッド。

役柄を考えていくと、ピースがひとつひとつはまっていく感じがした。一九九七年の再演の時に、初演の反省を踏まえてアイディアを足していくことでバラバラだった要素がカチリカチリとはまっていった、あの感覚に似ていた。こういう時はだいたいうまくいく。

プロットが見えたときには「これは新しい『髑髏城』だ」と確信した。

新しい物語だが、まぎれもなくこれもまた『髑髏城の七人』だ。ならば新作であることをアピールした方がいい。その方がお客さんも混乱しないだろう。

だが、そうなったのも当て書き故だ。

役者の肉体を通すと作家の頭だけでは思いつかないアイデアが生まれてくる。それぞれのキャストに応じた役柄を考えていった結果、完全新作になってしまったのだ。

タイトルも新作であることをはっきりさせるため『髑髏城の七人 Season 極』はサブタイトルとして、新たに『修羅天魔』とつけた。修羅と天魔、天海さんと古田の二人が真っ向からぶつかりあうことを象徴する。

それだけではない。

天海さんの新感線初参加は『阿修羅城の瞳』だ。そこで恋をすると鬼になる阿修羅王という役を演じていただいた。

今回、古田の持ち役の一つと言ってもいい天魔王と対峙する役として修羅というイメージを置くのに、自分の中で天海祐希阿修羅王へのオマージュも含めた。役そのものということではない。その奥の奥、自分が書くときのイメージの底に忍ばせる程度だが、その気持ちも含めて『修羅天魔』とつけたのだ。

さらに言えば、将門伝説に材を取った『蒼の乱』で坂東を守った女性、将門御前蒼真も天海さんだ。

この『修羅天魔』の一番下の地層には、新感線と彼女の歴史が幾層にも折り重なって存在しているのだ。

しかも、ラストまで書いてみると、この『修羅天魔』は『アテルイ』『蒼の乱』『髑髏城の七人』『吉原御免状』『阿修羅城の瞳』と、新感線で描いてきた〝東夷としての関東ユートピアサーガ〟の中で、大きな意味を持つ作品となってしまった。

ロングランの企画当初はこんなことになろうとは思っていなかったが、これもひとつの必然なのだろう。


とにもかくにも、花鳥風月極、一年三ヶ月にわたる『髑髏城の七人』ロングランは。これで終わる。

七年に一度上演するのが『髑髏城』とするならば、三五年分を作ったことになる。

今回で『髑髏城の七人』を封印するつもりもないが、いのうえとも「しばらく『髑髏』はいいよな」と話をした。

七年後どうなっているか、それは神のみぞ知るだ。

この無謀な企画におつきあいいただいたお客さんと、花鳥風月極、連続五作品の戯曲集出版を快諾いただいた論創社に、改めて感謝する。
では舞台を観られた方も戯曲だけを読んだ方も、楽しんでいただけたら幸いです。

二〇一八年二月上旬

中島かずき

◇上演記録

ＯＮＷＡＲＤ presents

劇団☆新感線 修羅天魔～髑髏城の七人 Season 極 Produced by TBS

【公演日時】

２０１８年3月17日（土）～5月31日（木）

ＩＨＩステージアラウンド東京

【登場人物】

極楽太夫（雑賀のお蘭）……天海祐希

兵庫……福士誠治

夢三郎……竜星 涼

沙霧……清水くるみ

カンテツ……三宅弘城

狸穴二郎衛門……山本 亨

ぜん三……梶原 善

天魔王／織田信長……古田新太

迷企羅の妙声……………………右近健一
三五…………………………………河野まさと
贋鉄斎………………………………逆木圭一郎
およし………………………………村木よし子
波夷羅の水神坊……………………吉田メタル
浅黄…………………………………保坂エマ
清十郎………………………………川原正嗣
宮毘羅の猛突………………………原　慎一郎

服部半蔵／髑髏党鉄機兵／他………武田浩二
髑髏党鉄機兵／旅人／他……………加藤　学
因原数馬／髑髏党鉄機兵／他………川島弘之
髑髏党鉄機兵／服部忍群／旅人／他……南　誉士広
髑髏党鉄機兵／服部忍群／旅人／他……熊倉　功
髑髏党鉄機兵／服部忍群／旅人／他……縄田雄哉
髑髏党鉄機兵／旅人／他……………藤田修平
髑髏党鉄機兵／服部忍群／旅人／他……北川裕貴

黒平／髑髏党鉄機兵／他……………穴沢裕介
おいく………………………………生尾佳子
白介／髑髏党鉄機兵／他……………小川　慧
青吉／髑髏党鉄機兵／他……………上垣内　平
おいた………………………………小板奈央美
黄平次／髑髏党鉄機兵／他…………鈴木智久
おすず………………………………鈴木奈苗
おしろ………………………………田代絵麻

おはち……………………………………………鉢嶺杏奈
おりか……………………………………………森　加織
赤蔵／髑髏党鉄機兵／他……………………渡部又吁

【スタッフ】
作：中島かずき
演出：いのうえひでのり
美術：堀尾幸男
照明：原田　保
衣裳：GROUP色　竹田団吾
音楽：岡崎　司　松崎雄一
作詞：デーモン閣下
振付：川崎悦子
音響：井上哲司
音効：末谷あずさ　大木裕介
殺陣指導：田尻茂一　川原正嗣
アクション監督：川原正嗣
ヘア&メイク：宮内宏明
小道具・甲冑製作：高橋岳蔵
特殊効果：南　義明
映像：上田大樹　大鹿奈穂
大道具：俳優座劇場舞台美術部
歌唱指導：右近健一
演出助手：山﨑総司　加藤由紀子
舞台監督：芳谷　研

宣伝美術：河野真一
宣伝写真：野波　浩
宣伝衣裳：GROUP 色　竹田団吾
宣伝メイク：内田百合香
宣伝ヘア：宮内宏明
宣伝小道具：高橋岳蔵
宣伝：脇本好美　浅生博一　長谷川美津子　ディップス・プラネット
キャスティングアシスタント：細野博幹
制作助手：中村優衣　福岡彩香　坂井加代子
デスク：高畑美里
制作：辻　未央　高田雅士
制作プロデューサー：細川展裕　柴原智子
主催：ＴＢＳ　ディスクガレージ　ローソンＨＭＶエンタテイメント　電通
後援：ＢＳ-ＴＢＳ　ＴＢＳラジオ
制作：ヴィレッヂ
企画・製作：ＴＢＳ　ヴィレッヂ　劇団☆新感線
Produced by TBS Television, Inc., Imagine Nation B.V.,
and The John Gore Organization, Inc.
特別協賛：株式会社オンワードホールディングス

中島かずき（なかしま・かずき）
1959年、福岡県生まれ。舞台の脚本を中心に活動。85年4月『炎のハイパーステップ』より座付作家として「劇団☆新感線」に参加。以来、『髑髏城の七人』『阿修羅城の瞳』『朧の森に棲む鬼』など、“いのうえ歌舞伎”と呼ばれる物語性を重視した脚本を多く生み出す。『アテルイ』で2002年朝日舞台芸術賞・秋元松代賞と第47回岸田國士戯曲賞を受賞。

この作品を上演する場合は、中島かずきの許諾が必要です。

必ず、上演を決定する前に申請して下さい。

（株）ヴィレッヂのホームページより【上演許可申請書】をダウンロードの上必要事項に記入して下記まで郵送してください。

無断の変更などが行われた場合は上演をお断りすることがあります。

送り先：〒160-0022　東京都新宿区新宿3-8-8 新宿OTビル7F
株式会社ヴィレッヂ　【上演許可係】宛

http://www.village-inc.jp/contact01.html#kiyaku

K. Nakashima Selection Vol. 30
修羅天魔～髑髏城の七人　極

2018年3月7日　初版第1刷印刷
2018年3月17日　初版第1刷発行

著　者　中島かずき
発行者　森 下 紀 夫
発行所　論　創　社
東京都千代田区神田神保町2-23　北井ビル
電話 03（3264）5254　振替口座 00160-1-155266
印刷・製本　中央精版印刷
ISBN978-4-8460-1707-1　

K. Nakashima Selection

Vol. 1—LOST SEVEN	本体2000円
Vol. 2—阿修羅城の瞳〈2000年版〉	本体1800円
Vol. 3—古田新太之丞 東海道五十三次地獄旅 踊れ！いんど屋敷	本体1800円
Vol. 4—野獣郎見参	本体1800円
Vol. 5—大江戸ロケット	本体1800円
Vol. 6—アテルイ	本体1800円
Vol. 7—七芒星	本体1800円
Vol. 8—花の紅天狗	本体1800円
Vol. 9—阿修羅城の瞳〈2003年版〉	本体1800円
Vol. 10—髑髏城の七人 アカドクロ／アオドクロ	本体2000円
Vol. 11—SHIROH	本体1800円
Vol. 12—荒神	本体1600円
Vol. 13—朧の森に棲む鬼	本体1800円
Vol. 14—五右衛門ロック	本体1800円
Vol. 15—蛮幽鬼	本体1800円
Vol. 16—ジャンヌ・ダルク	本体1800円
Vol. 17—髑髏城の七人 ver.2011	本体1800円
Vol. 18—シレンとラギ	本体1800円
Vol. 19—ZIPANG PUNK 五右衛門ロックⅢ	本体1800円
Vol. 20—真田十勇士	本体1800円
Vol. 21—蒼の乱	本体1800円
Vol. 22—五右衛門vs轟天	本体1800円
Vol. 23—阿弖流為	本体1800円
Vol. 24—No.9 不滅の旋律	本体1800円
Vol. 25—髑髏城の七人 花	本体1800円
Vol. 26—髑髏城の七人 鳥	本体1800円
Vol. 27—髑髏城の七人 風	本体1800円
Vol. 28—髑髏城の七人 月	本体1800円
Vol. 29—戯伝写楽	本体1600円